suhrkamp

Weihnachten kommt verlässlich jedes Jahr, genau wie das Bedürfnis, sei es aus Lust oder vor lauter Grauen, darüber zu reden, etwas darüber zu lesen – als wäre es das erste Mal. Dieses Buch versammelt zwanzig Originalgeschichten, zwanzig frische Perspektiven aus der jungen Literatur auf eine der unberechenbarsten Konstanten im Leben.

Mit Texten von Mareike Barmeyer, Al Burian, Rabea Edel, Boris Fust, Gregor Hens, Wolfgang Herrndorf, Katja Huber, Darius James, Harriet Köhler, Almut Klotz, Andreas Maier, Rainer Merkel, Lisa Rank, Stefan Rehberger, Jochen Schmidt, Anton Waldt, Dorle Trachternach, Maike Wetzel, Julia Zange und Raul Zelik.

The Gold Collection
Neue Weihnachtsgeschichten

Herausgegeben
von Karsten Kredel
und Jörn Morisse

Suhrkamp

Der auf dem Umschlag abgebildete Baum
ist eine eingetragene Marke der Julius Sämann Ltd.
und wird mit deren Erlaubnis wiedergegeben.

www.gold-collection.de

suhrkamp taschenbuch 3912
Erste Auflage 2007
© Suhrkamp Verlag Frankfurt am Main 2007
Suhrkamp Taschenbuch Verlag
Alle Rechte vorbehalten, insbesondere das
der Übersetzung, des öffentlichen Vortrags sowie der Übertragung
durch Rundfunk und Fernsehen, auch einzelner Teile.
Kein Teil des Werkes darf in irgendeiner Form
(durch Fotografie, Mikrofilm oder andere Verfahren)
ohne schriftliche Genehmigung des Verlages reproduziert
oder unter Verwendung elektronischer Systeme
verarbeitet, vervielfältigt oder verbreitet werden.
Druck: Ebner & Spiegel, Ulm
Printed in Germany
Umschlag: Göllner, Michels, Zegarzewski
ISBN 978-3-518-45912-6

1 2 3 4 5 6 – 12 11 10 09 08 07

Inhalt

Wolfgang Herrndorf	7	Eis
Harriet Köhler	13	Regen, kein Schnee
Al Burian	26	Greyhound-Demographie
Julia Zange	34	AfterShow
Rainer Merkel	39	Geister
Boris Fust	53	No pasarán!
Darius James	58	Un Aperitivo Col Diavolo
Anton Waldt	70	Das letzte Türchen
Jochen Schmidt	74	Tocotronic haben jetzt einen vierten Mann, und die Wahl ist mal wieder nicht auf mich gefallen, obwohl ich alle ihre Lieder auswendig kann und sogar noch die von Udo Lindenberg
Katja Huber	77	Fisch oder Freund?
Andreas Maier	87	Weihnachten war immer schon da
Almut Klotz	94	Familie ist ein Musical
Gregor Hens	99	Miriam. Novelle
Maike Wetzel	108	Nördlich von Hollywood
Lisa Rank	117	In einem von vielen
Dorle Trachternach	123	Pisco
Raul Zelik	133	Weihnachten – eine Ostergeschichte
Mareike Barmeyer	150	Honigmond
Stefan Rehberger	154	Wunschkonzert
Rabea Edel	165	Wandra Kaish
	171	Autorinnen, Autoren, Herausgeber und eine Illustratorin

Wolfgang Herrndorf ✣ Eis

In einem Dorf hielten wir vor dem Supermarkt. Jedenfalls stand Supermarkt obendrüber. In dem Dorf gab es noch ein Möbelgeschäft, eine Bushaltestelle und ein Telefon. Die Kassiererin schaute die ganze Zeit in die Konvexspiegel, während wir einkauften.

»Woher kennst du den eigentlich?« fragte Hendrik und linste auf den Parkplatz. »Kann man dem trauen?«

»Ich hab den Schlüssel eingesteckt.«

Hendrik kaufte Powerriegel und zwei Becher Buttermilch. Hätte ich nicht gewusst, dass er fünf Pillen am Tag schmiss, hätte ich mich wahrscheinlich gewundert.

Als wir rauskamen, stand der Chinese vor der Kühlerhaube, in deren Schneeschicht zwei symmetrische Bögen fehlten, und formte gedankenverloren einen Schneeball. Als wir nah genug waren, knallte er Hendrik den Schneeball an den Hals. Hendrik schrie, stellte seine Buttermilch auf die Erde und kriegte sofort die nächste Ladung ins Gesicht.

Das Tauwetter hatte nur wenige gute Schneeinseln übriggelassen. Hendrik kratzte mühsam was zusammen, aber er war ein schlechter Werfer, ein richtiger Drogenspasti. Er hatte ungefähr so viel Kontrolle über seine Arme wie über seine Rasta-Locken oder über seine Gedanken. Ich machte mit Chen gemeinsame Sache, ich weiß nicht mehr, warum. Wir verschanzten uns hinter dem Auto, das die einzige gute Deckung auf dem Parkplatz war und auf dem noch genug Schnee lag. Nach einer Minute war Hendrik schmutzig und nass. Er flüchtete kreischend über die Straße hinter eine Bushaltestelle aus grauem Eternit. Die Supermarktfrau kam vor die Tür schauen, warum wir so ein Geschrei machten.

»Guckt euch das mal an«, rief Hendrik.

Zwei Geschosse krachten gegen die Bushaltestelle.

»Nein, im Ernst, guckt euch das mal an.«

Wir nahmen neuen Schnee auf und gingen nachgucken, was der Rasta-Mann hinter der Bushaltestelle gefunden hatte. Er stand schief auf dem Acker, zwischen leeren Bierdosen und PET-Flaschen. Zwei Radkappen, Plastikteile, ein zerbrochener Kinderski, alles mit Schneematsch bedeckt. Und vor Hendriks Füßen, in einem aufgeweichten Pappkarton, sechs oder acht Katzenkinder mit zugeklebten Augen. Katzenkinder war eigentlich das falsche Wort, es waren eher so Embryos, aber sie schienen zu leben. Die Katzenmutter guckte uns erschöpft an, wir guckten die Katzenmutter an.

»Gib mal die leere Flasche da«, sagte Hendrik, »das ist doch viel zu kalt hier.«

Er nahm eins von den Kätzchen und schob es mit dem Kopf voran in die Flasche. Es passte gerade so in die Öffnung, Hendrik drückte es mit dem Daumen durch. Die Katzenmutter stand mit einer Pfote auf Hendriks Schuh.

»Das ziehen wir jetzt auf, da machen wir eine richtige Muschikatze draus.«

»Alle sterben«, sagte Chen.

Wir fuhren weiter über die Landstraße, ich saß am Steuer. Hendrik spritzte Buttermilch in die Flasche und schüttelte den Inhalt.

»So wird das nichts«, sagte ich.

»Ich kenn mich aus mit Tieren«, sagte Hendrik. »Ich hab mal in der Gärtnerei gearbeitet. Ich hab vier beschissene Jahre in einer beschissenen Gärtnerei gearbeitet.«

9

»Brauchen Futter«, sagte Chen.

»Was?«

»Brauchen Futter.«

»Was quatscht der mich eigentlich immer von der Seite an?« Hendrik drehte sich aufgeregt um. »Kannst du mir das mal erklären? Was quatscht der mich dauernd an? Der hat doch keine Ahnung. Der hat doch von nichts eine Ahnung. Der weiß doch nicht mal, was für ein Tag heute ist. Oder morgen. Weißt du überhaupt, was für ein Tag morgen ist, Schlitzauge?«

»Jaja«, sagte Chen.

»Und?«

»Weihenachten.«

»Falsch!« Hendrik schüttelte befriedigt seine Flasche. »Der Chinese ist völlig verblödet.«

»Und was ist morgen für ein Tag, du Klugscheißer?«

»Nenn mich nicht Klugscheißer, Mann. Fährt hier in der Landschaft rum und hat keine Ahnung, was morgen für ein Tag ist. Soll ich dir sagen, was morgen für ein Tag ist, Schlitzauge?« Er machte eine lange Pause, und ich erwartete jetzt so was wie Kurt Cobains vierzigsten Todestag oder so.

»Ich sag dir, was für ein Tag morgen ist. Morgen ist uns der Heiland geboren. Der Heiland!«

Man vergaß das immer, Hendriks Vater war Küster oder so was.

Er spülte noch zwei Pillen mit Buttermilch runter. Ich nahm auch eine, Chen auch. Irgendwann nahm Hendrik einen Schluck aus der Katzenflasche und kotzte fast.

Wir kamen an kleinen Dörfern vorbei und an Feldern, auf denen zunehmend mehr Schnee lag, je weiter wir uns von Berlin entfernten. Der Nachmittag tauchte alles in ein oranges Dämmerlicht. Hendrik beschäftigte sich mit der Flasche. Chen saß hinten und schaute aus dem Fenster und schwieg. Es war ein schöner Tag für Chen, glaube ich, ihm ging es noch am besten von uns allen.

»Warum hältst du?« Hendrik sah irritiert aus dem Fenster.

Zwischen einem Autobahnzubringer und der Straße lag ein dreieckiger See, auf dem Unmengen Schlittschuhläufer unterwegs waren.

»Kann man doch mal gucken«, sagte ich und stellte den Motor ab.

»Was gucken?« Hendriks Gesichtszüge entgleisten in Panik. »Was gucken?«

Ich zeigte auf die Schlittschuhläufer.

»Scheißschlittschuhläufer«, sagte Hendrik.

Wir parkten auf freiem Feld zwischen anderen Autos, hauptsächlich Mercedes und Landrover und so was, und schauten durch die Windschutzscheibe.

Plötzlich verwandelte sich Hendriks Panik in Begeisterung. Das war immer so, er konnte seine Gefühle nicht kontrollieren.

»Guck dir mal den da an, mit der blauen Jacke!« Hendrik riss die Flasche hoch wie einen Cocktail-Shaker. »Der läuft ja, als hätte er eine Zwiebel im Arsch.«

»Der läuft ganz normal«, sagte ich.

Hendrik drehte sich um. »Schlitzauge, was sagst du?«

»Was?«

»Die blaue Jacke da. Kann der Schlittschuhlaufen?«

»Weiß nicht.«

»Guck doch mal hin, das kann man doch sehen, kann der Schlittschuhlaufen?«

»Finde gut.«

»Du gehst mir auf den Sack mit deinem finde gut, Mann.«

»Hör auf, das Schlitzauge zu beschimpfen«, sagte ich.

Hendrik beugte sich zu mir rüber und fing fast an zu weinen. »Was schleppst du den eigentlich immer mit rum? Ich weiß nicht, was du den immer mit rumschleppst, der kann doch nicht mal richtig deutsch.«

Chen stieg aus und ging zum See hinunter. Im Gehen zog er sich seine Humana-Jacke über.

Wir stritten eine Weile, ob wir auch rausgehen sollten oder weiterfahren.

»Na schön«, sagte Hendrik. »Aber für Muschi ist es zu kalt draußen, oder? Oder nicht? Nein?« Er linste durch die Öffnung. »Für die muss das das reinste Schlaraffenland sein.«

Das Seeufer lag voller Schuhe. Ein paar Körbe mit Thermoskannen drin standen da, eine steinalte Frau saß auf einem Schlitten, als wäre sie seit Jahren erfroren. Das Tauwetter der letzten Tage hatte das Eis noch nicht angegriffen, nur an einigen Stellen war es von einer dünnen Wasserschicht überzogen.

Chen setzte tastend einen Fuß auf das Eis, machte einen oder zwei Schritte und rutschte auf den See, wie auf einem Schwebebalken. Er drehte sich zu mir um und grinste. Dann nahm er noch mal Anlauf und rutschte weiter auf den See hinaus.

»Was macht der denn da?« flüsterte Hendrik. »Was macht dein Chinese da?«

»Das ist nicht *mein* Chinese«, sagte ich.

»Ja, meiner, oder was? Nee, im Ernst, guck doch mal hin! Was macht der denn da? Der spinnt doch total.«

Das orange Dämmerlicht wurde langsam blau. Ein Kind auf Gleitschuhen lief direkt vor uns herum, immer hin und her, ohne den Blick von uns zu wenden.

»Mann, ist das anstrengend«, sagte Hendrik. »Komm mal her. Hier.« Er drückte dem Kind die Flasche in die Hand mit der Anweisung, da eine anständige Muschikatze draus zu machen, er würde das später kontrollieren. Ohne den Gesichtsausdruck zu verändern, glotzte das Kind auf das weiße Zeug in der Flasche.

Dann gingen wir zum Auto zurück. Ich stellte die Heizung an, und wir schauten durch die Windschutzscheibe über den See, wo Chen in großer Entfernung langsam, fremd, aber nicht unelegant und wie eine kleine schwarze Fahne durch die Schlittschuhläufer wehte. Das Tauwasser spritzte um seine Füße. Es sah ein wenig sonderbar aus, als hätte er als einziger noch nicht gemerkt, dass die anderen Kufen unter den Füßen hatten und er nicht.

Als wir abends in meinem Bett lagen, schmiegte Chen sich an meine Brust und erzählte von seinem Eislauf. Wo er herkam, gab es kein Eis. Wir lagen lange nur so da und hörten die David-Bowie-Kassette, die er mitgebracht hatte, die er auch immer in seinem Imbiss hörte, und als die Kassette abgelaufen war, sagte Chen, er brauche eine Frau zum Heiraten, wegen Staatsbürgerschaft, und wo man hier Frauen herkriegen würde.

Ich wusste nichts zu antworten, und nach einer Weile hob Chen den Kopf und sagte: »Isse jetzt Weihenachten.«

Harriet Köhler ❊ Regen, kein Schnee

Er kämpfte sich aus dem Bett, torkelte in den Flur, hörte den Anrufbeantworter ab: Mutter. Er wählte ihre Nummer, legte aber wieder auf, bevor es zu tuten begann.

Komisch. Er schüttelte den Kopf. Das Kopfschütteln tat weh, als würde das Hirn gegen die Wände des Schädels schwappen. Er runzelte die Stirn, ging in die Küche, füllte den Espressokocher mit Wasser und Kaffee. Der größte Teil des Pulvers ging daneben.

Es war ihm egal.

Er setzte sich an den Tisch, zog einen Fuß hoch und legte das Kinn aufs Knie.

Den Kaffee trank er schwarz mit viel Zucker. Er schmeckte nicht, aber hinterher hatte er das Gefühl, dass es jetzt besser ging. Etwas. Er sah auf die Uhr. Erst halb elf. Schon halb elf, wenn man bedachte, dass heute Samstag und am Montag Weihnachten war. Er würde dieses Weihnachtsfest gerne ausfallen lassen.

War ein bisschen zu viel gewesen gestern. Und zu spät. Viel zu spät. Er war mal wieder mit Olli versackt, es war immer das Gleiche mit Olli, da ging es, wie es ging. Und noch eins ging immer. Es müssen acht, neun Helle gewesen sein, so genau konnte er das nicht mehr sagen, aber ihm fiel ein, dass ihm gestern Abend etwas eingefallen war.

Er überlegte kurz, stellte fest, dass Überlegen in seinem Zustand nichts brachte, sah noch einmal auf die Uhr, zögerte, tappte dann zum Telefon und wählte. Er ließ es läuten, acht, neun, zehn Mal. Olli ging nicht dran. Er rief die Mobilnummer an. Nicht erreichbar. Olli hatte keine Mailbox installiert.

Mist.

Er versuchte es noch einmal auf dem Festnetz. Ließ es viermal klingeln, fünfmal, sechsmal. Plötzlich hob Olli ab.

Hmmm?

Hey, Morgen, Olli, ich hier. Du, nur ganz kurz.

Kurti, es ist mitten in der Nacht.

Jaja, du, pass auf, gestern Abend, als wir im Stenz waren.

Kurt, ich bin immer noch besoffen.

Ja, aber weißt du noch, als ich vom Klo kam und gesagt hab, dass ich jetzt weiß, was ich meinem Vater zu Weihnachten schenken kann?

Klar, du warst euphorisch wie ein bekokster Chihuahua.

Ja, aber was hab ich gesagt?

Nichts. Du wolltest es mir nicht verraten.

Was?

Du hast gesagt, wenn ich dir das erzähle, dann drehst du ab. Und ganz ehrlich, mir war's auch ein bisschen egal, was du deinem Vater untern Christbaum legst.

Shit.

Alles klar?

Ich hab wirklich nichts gesagt?

Kann ich jetzt weiterschlafen?

Ja, sorry. Servus.

Olli sagte nur *ja* und legte auf. Kurt hielt den Hörer in der Hand und starrte ihn an.

Mist. Es war eine Jahrhundertidee gewesen. Er hatte selbst fast Tränen in den Augen gehabt vor Rührung, das wusste er noch. Aber jetzt wusste er nichts mehr. Die Jahrhundertidee fiel ihm nicht mehr ein.

Er setzte sich wieder in die Küche, die klein genug war, dass er den Kühlschrank vom Esstisch aus öffnen konnte. Er nahm einen Joghurt heraus, drückte die Tür wieder zu und zog den Deckel vom Becher ab.

Denk nach.

Er machte die Kühlschranktür wieder auf, schaute noch mal hinein.

Er kam nicht darauf.

Er leckte den Aludeckel ab, stand auf und ging ins Schlafzimmer. Starrte Joghurt löffelnd aufs Bücherregal. Wanderte es mit den Augen ab, die Titel prüfend. Strich mit den Fingerspitzen an den Rücken entlang, aber.

Sie wenden sich von dir ab, dachte er.

Huibuh, sagte er zu sich selbst.

Normalerweise trug er Geschenkideen auf der letzten Seite seines Moleskine ein. Er holte es vom Schreibtisch und schlug es auf, obwohl er wusste, dass es dort nicht stehen konnte. Er ging stets mit kleinem Gepäck saufen: Ausweis, Hartgeld, Visakarte.

Als der Joghurt alle war, ging er zurück in die Küche, ließ den Löffel in die Spüle fallen und fuhr mit dem Finger sorgfältig die glatten Innenwände des Bechers entlang. Seine Gedanken glitten ins Leere. Schlaf nicht ein. Er zögerte kurz, dann leckte er den Finger ab. Es fällt dir schon wieder ein.

Er holte die Zeitung und blätterte die Wochenendbeilage auf. Denk einfach nicht nach, dachte er. Nicht daran denken. Die Joghurtrückstände in seinem Mund zersetzten sich langsam, er spürte dem säuerlichen Geschmack im Mund nach, leicht angewidert. Wegen dieses Geschmacks hatte er sich als Kind geweigert, Milch zu trinken, Joghurt zu essen, Müsli hatte er nur mit Kakao heruntergebracht. Er schob sich einen Kaugummi in den Mund, machte einen zweiten Kaffee, und prüfte noch einmal den Kühlschrank. Er sah in die Besteckschublade, den Vorratsschrank.

Er setzte sich wieder hin, versuchte es erneut mit der Zeitung. Rührte nebenbei den Kaffee um, vorsichtig. Behutsam wie sein Vater, wenn er am Frühstückstisch die Zeitung gelesen hat. Liest. Du kannst dich immer noch nicht konzentrieren. Das Klicken des Löffels an den Porzellanwänden nervte. Er kippte den Kaffee in den Ausguss, ging ins Bad und duschte.

Ein warmer Schauer. Bilder stiegen auf. Worte. Erinnere dich. Papas Umriss hinter dem Milchglas der Duschkabine. Die dunkle Brust. Der weiße Bauch. Der warme Hahn. Hör sofort auf, das ist ja schauderhaft.

Bevor er sich die Haare trocknete, hielt er den Fön so lange gegen den beschlagenen Spiegel, bis er sich wieder darin erkennen konnte. Er sah sich an. Die unrasierten Wangen. Die roten Augen. Dieser gottverdammte Kneipenrauch. Dann richtete er den Luftstrom gegen den Scheitel, die Geheimratsecken, gegen sich. Er drückte den Apparat gegen die Schläfe, pustete sich den Schädel weg, aber schon nach wenigen Sekunden wurde seine Haut so unerträglich heiß, dass er den Föhn herunterschaltete und weiter weg hielt. Im Spiegel bemerkte er, dass er jetzt einen faustgroßen roten Fleck am Kopf hatte. Er warf das Handtuch in eine Ecke, in der es nicht störte.

Er ging zum Telefon, wählte die Nummer seiner Eltern. Niemand hob ab. Er versucht es auf dem Handy seiner Mutter, aber es antwortete nur die Mailbox. Nach dem Piepston sagte er nichts, sondern legte auf. Er wusste selbst nicht so genau, was er wollte, eigentlich.

Er war gerade dabei, noch einmal die Festnetznummer zu probieren, als ihm einfiel, dass Samstag war. Und am Wochenende war Mama bei Papa im Krankenhaus. Jeden Samstag, jeden Sonntag saß sie bei ihm, ganz egal, was war. Seit wie vielen Wochen ging das jetzt schon so? Er würde es ein Trauerspiel nennen, wenn es nicht tatsächlich eines wäre.

Er musste ohnehin in die Stadt, um Geschenke zu kaufen. Sein Moleskine nahm er mit, aber auch ohne das Notizbuch war es ein Leichtes, etwas für seine Mutter, seine Freundin und Olli zu finden. In seiner Familie legte man ohnehin nicht allzu viel Wert auf diese ganze Schenkerei. Bloß kein Drama draus machen. Nur, weil offiziell Weihnachten war. Das versicherten sie sich immer wieder aufs Neue, Jahr für Jahr. Ohnehin verschenkte er am liebsten Bücher, jene, die er das Jahr über am liebsten gelesen hatte. Er vertraute darauf. Meist kaufte er noch eine Kleinigkeit dazu, um es ein bisschen persönlicher zu machen. Eine selbst bespielte CD für die Freundin, eine Flasche Whisky für Olli, klar, und Mama bekam Pralinen, die er eigens bei Elli Seidl besorgte. Mama liebte Elli-Seidl-Trüffel, und es war fast ein Ritual, dass sie, kaum, dass sie die erste im Mund hatte, die Augen rollte und seufzte: *Elli Seidl macht einfach die besten Pralinen der Stadt.* Dass sie die zweite gleich hinterherschob, mit Genuss, schlechtem Gewissen, Gier. Es gehörte auch zu dem Ritual, dass Papa dann flehte, eine abzubekommen, eine einzige nur, aber sie weigerte sich, die Schachtel zu teilen. *Niemals, das sind meine*, rief sie lachend und hielt die Packung von ihm weg. Und er sagte *büddebüddebüdde* und bettelte und lachte auch. Er hasste Pralinen, und Mama wusste das. Bis zum Ende der Feiertage hatte sie die Packung platt gemacht.

Papa hatte er für gewöhnlich irgendeinen edlen Obstbrand gekauft, Mirabellenwasser oder diesen Walnussgeist, und Papa behauptete, sie schmeckten, als hätte man eine Nuss im Mund oder überreife Früchte in der Hand. Papa und Alkohol, das war nun vorbei. Als er daran dachte, ihm etwas Schnaps in den Tropf zu geben, grinste er nicht einmal.

Er stand auf der Rückseite einer Bude auf dem Christkindlmarkt und blickte sich um. Roch den Glühwein, den Mama jedes Mal trinken wollte, wenn sie in der Stadt war, Papa hatte sie mitleidig angesehen, *das süße Zeug, wie kannst du nur*, er wollte mit diesem Weihnachtsrummel nie etwas zu tun haben, dann aber doch jedes Mal ganz unbedingt von Kurts gebrannten Cashewkernen kosten, deren warmer Duft auch ihn, den Unverführbaren, dahinschmelzen ließ, auch wenn er das nicht zugeben wollte. Die Gerüche drangen noch stärker in die Nase als in den Jahren zuvor. Die Sonne schien, es war zu warm für die Jahreszeit. Viel zu warm. Frühlingswetter im Dezember. Er öffnete seine Jacke. Und jetzt?

Die Sonne blendete, als er in den hellblauen Himmel blickte. Er wandte die Augen ab.

Auf dem Pflaster lag ein Papiertütchen mit Herzen darauf. Es war leer, zertreten, schmutzig. Er schob es mit dem Schuh hin und her.

Er wühlte mit den Händen in den Jackentaschen. Machte die Jacke wieder zu und dann doch wieder auf. Noch zwei Tage bis Weihnachten. Zwei Tage. Ihm fiel ein, dass er noch Geschenkpapier brauchte. Ihm fiel ein, dass er Plätzchen kaufen wollte, weil Mama dieses Jahr sicher keine gebacken hatte. Ihm fiel ein, dass er ein paar Flaschen Rotwein für die Feiertagsabende besorgen musste. Ihm fiel ein, dass er vergessen hatte, Tante Theresa und Tante Leslie Weihnachtskarten zu schicken. Morgen war Sonntag, sie kämen nicht mehr an. Vieles fiel ihm ein. Das Geschenk für Papa nicht.

Plötzlich ging er los, planlos erst, dann entschloss er sich, zu Kustermann zu gehen, das war immer das Lieblingsgeschäft seiner Eltern gewesen. Ein Traditionskaufhaus für Haushaltswaren, in dem es von der Zitronenpresse bis zum Laubhächsler alles gab. Die Horden stauten sich schon hinter der Eingangstür, es war nicht leicht, sich durchzukämpfen. Auch die Werkzeugabteilung war von Menschen blockiert, Väter und Söhne, Mann gegen Mann. Er drängelte sich ziellos hierhin und dorthin, nahm mal eine Stichsäge, mal einen Steckschraubenschlüssel, mal einen Stifthammer in die Hand. Er drückte sich weiter in die Gartenabteilung, zog eine Heckenschere vom Regal, hängte sie wieder zurück. Einige der Scheren waren nicht ordnungsgemäß aufgehängt, er fing an, sie zu sortieren, als könnte er so seine zerstreuten Gedanken ordnen, als auf einmal ein Verkäufer neben ihm stand, grauer Schnauzer, vorgewölbter Bauch, mehr Meister Eder als älterer Mann. Wie alle Kustermann-Angestellten hatte er eine grüne Schürze an.
Kann man Ihnen helfen?
Er meinte es freundlich, das konnte Kurt an seinen Augen sehen. Kurt schüttelte den Kopf, wandte sich ab und ging schnell weiter. Er merkte, dass er plötzlich den Tränen nahe war. Er eilte in die Ecke, in der sie Sonnenschirme verkauften. Ließ sich unbemerkt auf einen weißen Plastikliegestuhl sinken und atmete durch. Ein aus, ein aus, als hätte er sich gerade im Pool verausgabt. Als

seien seine Augen nur rot vom Chlor. Der Urlaub in Rimini fiel ihm wieder ein. Papa, der sich einen Karl May nach dem anderen von ihm ausgeliehen hatte.

Nach ein paar Minuten erhob er sich und verließ den Kustermann durch den Hinterausgang.

Papa lag im Krankenhaus. Papa hatte den Garten im Herbst zum letzten Mal gesehen, als er beim Rasenmähen seinen zweiten Herzinfarkt hatte.

Vor der Tür blieb er stehen und überlegte, in welchen Laden er als nächstes sollte. Ihm fiel keiner ein. Ihm fiel nichts ein, was Papa jetzt noch brauchte. Er ging zwei Schritte. Dann blieb er wieder stehen und schaute in die Sonne. Er blinzelte. Wenn es geschneit hätte, hätte er jetzt geweint. Dann hätte das gepasst. Aber der Himmel verweigerte sich. Ein tolles Weihnachtsfest würde das werden im Krankenhaus. Im Kreis um Papas Bett. Feierliche Stimmung heuchelnd. Vermutlich Fencheltee trinkend. Und dabei wissend, dass er in jedem Moment sterben konnte. Zu den Engeln gehen, verbesserte er sich. Er nahm sich vor, im Krankenhaus nicht Tod, sondern Engel zu denken.

Plötzlich: das Gefühl, dass er nun wieder wusste, was ihm am Abend zuvor eingefallen war. Auf einmal spürte er es. Du hast es. Gleich. Sein Herz klopfte, er lief los, blind über den Viktualienmarkt, vorbei an den Ständen, an denen tropische Früchte ihre reifen Bäuche in die Sonne hielten, vorbei an der Suppenküche, vor der Bierbänke aufgestellt waren, vorbei am Saftstand, vorbei, vorbei. Er versuchte, die Familien, die Orange-Mango-Karotte kippten, nicht anzusehen. Lief hin und her, die Tüten umkrallt, die Stirn gerunzelt, mach dich locker, Mann. Er begann tiefer zu atmen, hin und her, versuchte, sich zu entspannen, sich freizulaufen, lief hin und wieder her, er versuchte, die Arme zu schlenkern, versuchte, bei sich zu bleiben, nichts anzuschauen, in der Hoffnung, der Gedanke löse sich, wenn ihn nur die Konzentration nicht verließe. Hin und her lief er, immer schneller, dann immer langsamer. Und die plötzliche Ahnung – vorbei.

Auf dem Heimweg machte er einen Abstecher ins Stenz. Der Barhocker, auf dem er gestern Abend mit seiner Idee geprahlt hatte, war frei. Er setzte sich darauf, rutschte auf dem glatten Holz hin und her, bestellte ein Helles. Sah dem Barkeeper zu, beobachtete die Gäste, die kamen, und die frühen, die schon wieder gingen. Er wünschte, Olli käme jetzt vorbei. Nein, besser nicht.

Er bestellte noch ein Helles.

Er ging aufs Klo.

Als er vor dem Pissoir stand, tat er, als würde er die Wand lesen. Aber eine Wand ist kein Buch und die Fugen sind Zeilen, zwischen denen nichts steht. Er schüttelte seinen Schwanz, dann den Kopf und ging zurück an den Tresen.

Du darfst es nicht zwingen, dachte er. Lass los.

Zu Hause verstaute er die Geschenke für Mama, Olli und Verena im Garderobenschrank. Er ging noch einmal am Bücherregal entlang, früher oder später musste doch einer der Titel einen Gedanken anstoßen, die Idee würde ihm wieder in den Schoß fallen wie eine reife Frucht.

Er setzte sich hin. Er sah, dass der Anrufbeantworter blinkte. Er hatte keine Lust, ihn abzuhören.

Er setzte sich an den Computer, stellte eine Verbindung mit dem Internet her. Er klickte in die Adressleiste, sah im Verlauf die zuletzt angewählten URLs an: google.de, spiegel.de, freemail.com, bild.de, uni-muenchen.de, bahn.de, artechock.de, muenchner-kammerspiele.de, hotmail.com, webdoctor.de, de.wikipedia.org/wiki/Herzinfarkt, de.wikipedia.org/wiki/Bypass, med.tu-muenchen.de/de/patienten/services/index.php.

Er lud freemail.com. Keine neuen Nachrichten. Er fuhr den Computer wieder herunter.

Er legte sich hin. Hoffte auf den Halbschlaf. Er versuchte, an Papa zu denken. An sein volles Haar. Sein Lächeln. Den schiefen Zahn rechts vorn. Seinen Bauch. Der nicht größer wurde, niemals, seine Hemden wurden nur zu klein. Die Fernbedienung in seiner Hand, mit der er aufgeregt das Feld dirigierte, wenn am Samstag Fußball kam. Aber egal, welches Bild er beschwor, ob die Erinnerung an das Fällen der alten Birke im Garten oder an den Tag, als Papa im Ofen die Gans vergaß, oder an den Du-weißt-Bescheid-Blick, als er damals zum ersten Mal Lena über Nacht mit nach Hause brachte – früher oder später mischten sich Schläuche, der Tropf, die Atemmaschine ein.

Er drehte sich um. Versuchte, an etwas anderes zu denken, doch ihm fiel nichts ein. Sein Hirn war hohl. Graue Masse. Nichts. Dann eben nichts, dachte er und versuchte, sich leer zu machen, sich auf seinen Atem zu konzentrieren, aber jetzt flimmerten die Erinnerungen erst recht auf, tropften aus der Dunkelheit auf ihn hinab, schlierig und verschwommen zunächst, dann immer klarer. Papa, der eine Scheibe Brot abschnitt. Papa, der die Garage zusperrte. Papa, der ihn mit Wasser bespritzte, während er den Rasen sprengte. Das Glitzern der Tropfen. Du führst dich auf, als sei er schon tot. Er drängte die Gedanken beiseite, versuchte, beim Atem zu bleiben, krümmte sich schützend zusammen, die Hände ins Kissen gekrallt.

Atem. Atem. Atem. Ein. Aus. Leer. Weg. Gedanke. Weg. Ein. Aus. Weg. Weg. Weg. Nach wenigen Minuten war er eingeschlafen.

Es war elf Uhr am nächsten Vormittag, als er langsam zu sich kam, er hatte mehr als zehn Stunden geschlafen, trotzdem fühlte er sich durchgewalkt. Als hätte ihn Vater Schlaf mit fleischigen Fingern wieder und wieder ins Bett gedrückt, ihn geklopft und geworfen. Sein Hirn war ein Klumpen roher Teig, der gärend gegen die Schädeldecke drückte. Seine Augenlider waren dick, als er in den Spiegel sah.

Er ging gar nicht erst in die Küche. Er wollte keinen Kaffee. Sein Bauch tat weh.

Er nahm den Telefonhörer ab und hielt ihn an seine Wange. Er war warm. Um die Wärme besser zu spüren, neigte er den Kopf ein wenig. Dann wurde ihm klar, dass die Wärme Strahlung war. Und Strahlung kein Trost sein kann.

Er rief zu Hause an. Mutter ging nicht dran. Er probierte es auf ihrem Handy – not available. Er war erleichtert. Er war bedrückt. Das bedeutete, dass sie bei Papa war.

In der Straße: sonntägliche Vorortstille. Die Nachbarn schienen Besuch aus der Heimat zu haben, ein Wagen aus dem Emsland parkte vor der Tür. Die Haustür seiner Eltern war mit dem Weihnachtskranz dekoriert, den Mutter dort jedes Jahr am ersten Advent aufhängte. Die Salzgebäck-Engel hatte er gemacht, das wusste er, obwohl er sich nicht daran erinnerte. Kurt hatte immer noch einen Schlüssel zum Haus, obwohl er hier seit 14 Jahren nicht mehr wohnte. Und nur noch ganz selten herkam. Das letzte Mal im Sommer, seitdem hatte er seine Eltern nur noch in Restaurants getroffen, in der Stadt. Er hatte so viel zu tun.

Im Wohnzimmer roch es fremd. Der Weihnachtsengel, der in der Terrassentür hing, glitzerte in der Sonne. Die Wiese hinter ihm war matschiggrün. Frühlingswetter. Es hatte noch keinen Schnee gegeben in diesem Jahr. Die Karkasse der Birke.

Er lief im Wohnzimmer auf und ab. Er kannte jedes einzelne Möbelstück. Er sah sich kurz die Kerzenständer und Bilderrahmen nach Erinnerungen abtasten. Dann tappte er, ohne etwas anzurühren, die Holztreppe hoch in den ersten Stock. Die Tür zum Bad war offen, er betrat es nicht. In sein altes Kinderzimmer warf er keinen Blick. Er spürte, wie die Idee von vorgestern immer ferner rückte. Er hatte auf das Gegenteil gehofft. Als er die Tür zum Elternschlafzimmer öffnete, wurde ihm schwindelig. Nur noch ein einzelnes Bett stand darin. Mama war in ein anderes Zimmer gezogen. Die Lehne des Pflegebetts war steil aufgerichtet, die Matratze machte einen deutlichen Knick unterm Knie. Ein halbes Jahr lang hatte er so gelegen. Jetzt lag er seit sechs Wochen im Krankenhaus. Kurt fragte sich, ob Mama zurück ins Schlafzimmer ziehen würde, wenn es vorbei war.

Als er in die Küche ging, um sich etwas zu trinken zu besorgen, bemühte er sich, die Medikamente, die in dem

Fach mit den Multivitamin-Brausetabletten lagen, nicht anzusehen.

Als er das Haus verließ, fing es gerade zu dämmern an. Umrisse, Farben verschwammen. In der S-Bahn breiteten die Fahrgäste erschöpft ihre Einkäufe aus, die Frau, die ihm gegenüber saß, lächelte ihn im Spiegel der Scheibe matt an. Er tat, als sähe er es nicht, sondern blicke hinaus. *Kill Santa Klaus* hatte jemand mit groben Buchstaben in die Scheibe geritzt. Am Marienplatz drückte er müde den Knopf, die Tür seufzte, und Kurt stieß ein kleines Weinen hervor, das wie ein Lachen klang. Dass er Idiot im Suff tatsächlich gedacht hatte, dass ein Sterbender ein Geschenk braucht.

Zu Hause schaltete er den Fernseher ein, die Tagesschau hatte gerade begonnen. Er setzte sich hin, und es war die Fernbedienung, die ihn hielt, nicht umgekehrt. Er starrte in den Bildschirm. Die Worte, Bilder, Blicke, Farben vermischten sich mit allem, was er wollte und allem, was er war. Und in diesem Ganzen, das das Nichts war, hier vor diesem Fernseher, fühlte er sich seinem Vater nah.

Erst als der Wetterbericht kam, tauchte er wieder auf. Seine Augen brannten. Auf der Karte zog ein Wolkenschleier über das Land. Die Blondine lächelte schmerzlich und sagte für Heiligabend vier Grad plus und Regen voraus.

Al Burian ✣ Greyhound-Demographie

Im Greyhound auf dem Weg nach Hause, 24. Dezember, *traveling through the empires of eternal void*, wie es bei Black Sabbath heißt – von Neonlicht durchbohrt, von Sternen durchlöchert. Wir verlassen Chicago mitten in der Nacht und werden in die Eingeweide des amerikanischen Highwaynetzes eingespeist, eine endlose Fahrt ins Nichts. Pennsylvania ist riesig, fürchterlich langgestreckt von der einen Grenze zur anderen. In Pennsylvania schafft man es nie, die eigene Position zum Zielort in Beziehung zu setzen. Es ist zermürbend. Allerdings ist ein Tag im Bus nicht viel schlimmer als ein Tag im eigenen Zimmer. Man kann ungefähr genauso viele Sachen erledigen und dazu als Bonus die scheußliche Landschaft vorbeiziehen sehen.

Ich saß Heiligabend in meinem Zimmer und hatte nichts vor. Traditionell ignorierte ich die Festtage seit dem Desaster vor ein paar Jahren, als mein Vater neu verheiratet war und meine Versuche, festliche Stimmung zu verbreiten (ich schmückte den Weihnachtsbaum mit Bananen), mich in eine heftige Auseinandersetzung mit dem neuen Stiefelternteil verwickelten. Aber das war damals, und in diesem Jahr überkam mich Sentimentalität, als ich an die Familie dachte, glücklich vereint in North Carolina. Ich beschloss, ihnen einen Überraschungsbesuch abzustatten. Eine halbe Stunde später stand ich im Busbahnhof: Wenn ich der Eingebung des Augenblicks folgen wollte, war der Greyhound die einzige Option, die finanziell in Frage kam.

Auf einer langen Busreise darf man nicht an die Zeit denken, nicht daran, dass man von A nach B unterwegs ist. Das ist der Trick. *Leave the earth to Satan and his slaves,* raten Black Sabbath. Die Düse, die die Luftzufuhr reguliert, wurde von einem früheren Fahrgast abgerissen, sodass sie nicht mehr ausgeschaltet werden kann und eiskalte Luft über mir ausspeit. Ich versuche irgendwas zu finden, das ich in die Öffnung stopfen kann, und entdecke unter meinem Sitz ein Paar mit Leopardenmuster bedruckte Socken, die vergessen worden sind. Ich stopfe das Loch damit.

Ich war neugierig gewesen, was für Leute in der Weihnachtsnacht eine Überland-Busfahrt unternehmen. Welche aufregenden sinistren Motive machten es nötig, die Stadt zu so einer seltsamen Zeit zu verlassen? Die Antwort war so deprimierend wie naheliegend: Die meisten Fahrgäste waren wiedergeborene Christen. Das stellte sich schon innerhalb weniger Minuten nach der Abfahrt in Downtown Chicago heraus, als zunächst ein älterer Gentleman in einem zerknitterten Anzug eine sperrige, zerlesene und sorgfältig markierte Bibel in Großformat zückte und anfing, Lobpreisungen durch den Bus zu rufen. Vergeblich suchte ich nach einem Empfänger für mein genervtes Augenrollen. Der gesamte Bus war verzückt. Wenig später flogen Bibelzitate und Hallelujahs zwischen den Sitzreihen hin und her.

Normalerweise möchte ich aufspringen und noch lauter schreien, wenn salbungsvolle Bekehrung zur Schau gestellt wird. *Fuck Religion*, wie es in dem Song heißt, aber in diesem Fall erschien es mir auf einmal unmenschlich, intolerant und pietätlos, und außerdem war ich hoffnungslos in der Minderzahl. Ich verzichtete also darauf, Crass-mäßige Texte rumzuschreien, hielt mich zurück und hörte zu.

Die Bibel mag auf reiner Phantasie beruhen, aber in dem Genre ist sie nicht schlechter als irgendwas von J.R.R. Tolkien oder Philipp K. Dick. Vom reinen Verkaufsstandpunkt ist sie erfolgreicher als die beiden zusammen und schlägt sogar Stephen Kings *Der dunkle Turm* – auch das eine zugkräftige apokalyptische Saga. Die Bibel enthält einige großartige Actionszenen: Moses, wie er das Rote Meer teilt, die Zerstörung von Sodom und Gomorrha. Mel Gibsons ziemlich detailgetreue Version der Kreuzigung Jesu wurde ja sogar nach Quentin Tarantinos Maßstäben als ultrabrutal empfunden, und dann gibt es ja noch die Offenbarung des Johannes, deren Umsetzung wahrscheinlich noch immer außerhalb der Möglichkeiten der Special-Effect-Teams in Hollywood liegt. Die Erdbewohner unter der Führung von Satan gegen die Heerscharen des Himmels, angeführt von Jesus, während es Heuschrecken und Blut regnet. Eine textgetreue Lesart der Apokalypse ist genau der Stoff, der einen dazu bringt, mit dreißig anderen Leuten in eine Hütte nach Montana zu ziehen, Waffen zu sammeln und Dosenfutter zu horten.

Die Geburt Christi ist bedauerlicherweise keine Offenbarung. Sie hat, vorsichtig ausgedrückt, nicht eben den actionreichsten Teil des Bibelplots zugeteilt bekommen. Tatsächlich ist das Neue Testament eines der wenigen Bücher mit einer Geburt als integralem Handlungselement, in dem keine Sex-Szene vorkommt. Stattdessen wird uns Marias Empfängnis durch das Auftauchen eines Engels mitgeteilt, der über die Lautsprecheranlage ausdruckslos verkündet, dass sie nun mit dem Retter der Menschheit schwanger sei. Maria zuckt die Achseln und nimmt es hin. Auch kein sonderlich gesundes Verhältnis zu Autoritäten.

Ungefähr zwei Uhr morgens, Aufenthalt in Pittsburgh. Im Busbahnhof wimmelt es von Kindern, eine erschöpfte Mutter führt ihre Schar zur Snack-Bar. »Was wollt ihr? Chips, Cracker, Kekse? Was?«, fragt sie wie auf Autopilot. Ein sehr junges Mädchen steht auf Zehenspitzen in der Nähe und hat ein Neugeborenes auf dem Arm, ihre Augen sind weit aufgerissen vor stiller Furcht. Beide scheinen viel zu zerbrechlich für diesen Ort.

Ich beobachte ein Paar, das aus einer Bar gegenüber des Busbahnhofs rausfliegt. Er ist so betrunken, dass er ins Straucheln gerät, sie ist zum Streiten aufgelegt: »Okay, aber bei mir riecht man nichts, und ich habe genauso viel getrunken wie er! Also, warum schmeißt du mich raus?« Der Security-Typ ist verwirrt von ihrer inkohärenten Argumentation und sagt ihr dann, dass es nicht erlaubt sei, während eines Zwischenstops Alkohol zu trinken. »WAS SOLL MAN DENN SONST MACHEN?«, möchte sie wissen. Ich vermute, dass sie einen langen Aufenthalt hatten. Wahrscheinlich wird er sich noch verlängern: Am Busbahnhof wird ihnen gesagt, dass sie warten müssen, bis sie ausgenüchtert sind, bevor sie wieder einen Bus besteigen dürfen. Der Mann fängt an zu weinen, als er es hört. Sie ist untröstlich, und als er sie versucht zu umarmen, stößt sie ihn weg und läuft wütend davon. Er schleppt sich kleinlaut hinter ihr her und schämt sich, als sie durch den Terminal schreit:

»Wegen dir habe ich MEIN ZUHAUSE verlassen! UND JETZT DAS!«

Ich finde meinen Sitz wieder, indem ich die Leopardensocke anpeile, die leicht vom Windzug der Klimaanlage bewegt wird. Ein Mädchen mit erstaunlich übertriebenem Glitzer-Lidschatten steigt ein, setzt sich auf die andere Seite des Gangs und beginnt eine Unterhaltung mit einem Typen ein paar Sitzplätze vor mir, der eine bauschige weiße Jacke und eine umgedrehte Baseballkappe trägt. In diesem Reiseabschnitt bewegt sich die Bevölkerungsstatistik wieder im Normalbereich, und das ist beruhigend. Der Bus setzt sich in Bewegung, und sie wechselt auf den Sitz neben ihm.

Ein paar Stunden später, kurz vor Knoxville, Tennessee, macht der Fahrer eine düstere Ansage: »Passagiere, die nach Raleigh-Durham unterwegs sind, sollten sich keine Hoffnungen machen. Diese Buslinie endet in Asheville, und wir werden auf keinen Fall den Anschluss schaffen.« Die Nachricht wird mit höflichem, aber autoritärem Fatalismus übermittelt und ringsumher mit einem matten Stöhnen resignierten Einvernehmens aufgenommen. Aber es gibt noch mehr schlechte Neuigkeiten: Die Greyhound-Station in Asheville ist über die Feiertage geschlossen, und es sieht so aus, dass wir dort festsitzen werden. Erneut wogt resigniertes Gemurmel durch die Fahrgastkabine. Ungläubig schaue ich mich um. Was muss passieren, frage ich mich, da-mit diese Leute wütend werden? Der Fahrer könnte eine Umleitung über Anchorage, Alaska, ankündigen und die Greyhound-Klientel würde es als eine der unvermeidbaren Zumutungen des Lebens hinnehmen. Durch skrupellosen Service wie diesen sind die Fahrgäste über die Jahre zur Ergebenheit getrieben worden. Obwohl das revolutionäre Potenzial der amerikanischen Bevölkerung gleich Null ist, scheint es außergewöhnlich hartherzig, eine Busladung Passagiere zu Weihnachten an der Grenze von Tennessee und North Carolina stranden zu lassen, abgesehen davon, dass es nicht die beste Form von Öffentlichkeitsarbeit ist.

Auf jeden Fall werden jetzt, nachdem die Einstellung des Fahrbetriebs nach Raleigh-Durham verkündet wurde, die Jumbo-Bibeln mit neuer Entschlossenheit herausgeholt. Und laut lebhafte Beschwörungen an das höhere Wesen vorgebracht, mit der Bitte, es möge sich angesichts dieses Planungsfehlers von Greyhound Lines, Inc. einschalten. Das ist ziemlich heftig um sechs Uhr morgens nach einer überwiegend schlaflos verbrachten Nacht und der sich abzeichnenden Perspektive, den restlichen Tag mit Trampen zu verbringen. Warum, frage ich mich, sind diese Christen nicht darüber aufgebracht, dass ihnen Greyhound ihren heiligsten Feiertag ruiniert? Trotz ihrer beeindruckend überdimensionalen Bibeln sind sie ganz offensichtlich nur Gelegenheitsleser. Sie sind noch nicht bis zum Ende vorgedrungen, zu dem großen Kampf zwischen Gut und Böse. Gute, gemäßigte amerikanische Durchschnittschristen – was für ein erbärmlicher Haufen Weicheier, denke ich. Das sind weder Erlösungstheologen oder rechtsextreme Survivalists, noch haben sie irgendwelche Gemeinsamkeiten mit dem Apokalypse-Kult, der die gegenwärtige amerikanische Außenpolitik prägt. Diese Leute haben die tiefere Lektion der Bibel nicht verinnerlicht, die man nur erhält, wenn man bis zum Schluss liest! Es geht nicht darum, dass man darauf wartet, dass Jesus Busse umleitet, es geht darum, sich einzumischen, Mitstreiter zu suchen und sich auf den letzten Kampf vorzubereiten!

Aber meine Glaubenslehre wird widerlegt, denn Jesus leitet den Bus wirklich um oder verlangsamt die Zeit, jedenfalls schaffen wir es gerade noch rechtzeitig nach Asheville und bekommen unseren Anschluss. Ein Wunder! Ausgiebige Hallelujahs und Gebete werden an den Allmächtigen geschickt, als wir an Bord des neuen Busses eilen, unsere Sitze einnehmen und auf die Abfahrt warten. Ich verstecke mich hinter Kopfhörern und höre Black Sabbath – *Through the universe the engines whine / Could it be the end of man and time* – und wippe im Takt hin und her, bis ein besorgter Christ mir auf die Schulter tippt und fragt, ob es mir gut geht.

Das Mädchen mit dem Glitzer-Lidschatten vor mir ist zusammen mit ihrem Michelin-Männchen-Freund verschwunden. Die Taschen wurden auf ihren Sitzen abgelegt, aber die beiden sind nicht da. Ich lasse mich zu der Vorstellung hinreißen, dass sie vielleicht nachgegeben haben, dem ganzen Gerede von der unbefleckten Empfängnis und der Magie des Moments erlegen sind und sich in einem nahegelegenen Motel eingemietet haben. Ich male mir aus, wie nett es wäre, wenn sie alle Vorsicht in den Wind geschlagen hätten und ihr Gepäck ohne sie die verdrießliche Fahrt fortsetzen müsste. Ich drücke die Daumen, dass sie nicht mehr auftauchen und ich den Rest der Reise zwei auffallend leere Sitze vor mir habe, die verlassenen Taschen in dem vollen Bus eine Art Testament spontaner Gefühle und der Möglichkeit unerwarteter, lebensverändernder Umstände, die einen umleiten, gegen deren Anziehungskraft man machtlos ist. Ich sitze im Bus und warte darauf, dass er sich abrupt in Bewegung setzt, dass ich meinen Weg fortsetzen kann und sie von ihrem abkommen, eine Ausfahrt ins Unbekannte nehmen. Und dann, zu meiner Überraschung, schließen sich die Türen, der Bus fährt tatsächlich ab, und bevor ich etwas sagen kann, sind wir unterwegs.

Aus dem Amerikanischen von Jörn Morisse

Julia Zange ✽ AfterShow

In der Nacht träumte ich, der Baum würde ins Zimmer hineinwachsen. In den Zweigen saßen Engel und trugen rot-weiße Palästinensertücher. Ich bekam einen zu fassen und ließ seine dicken goldenen Zöpfe durch meine Finger springen, von Erhebung zu Erhebung des geflochtenen Haares. Kling, Kling, ich ließ ihn an den Zöpfen zappeln und versuchte, wie es Brecht schon lehrte, seine Flügel nicht zu zerbrechen. Der Weihnachtsmann hatte mich nie interessiert und das Christkind, in unserem Landstrich unbekannt, durch das Hörensagen nie ein Geschlecht erhalten. Es blieb deshalb ätherisch und außerhalb meines Flechtwerks.

Als Weihnachtskarte für die Verwandten hatte ich eine Werbeanzeige von Jil Sander kopiert, die mir als derzeit einziges heiliges Element meiner visuellen Umwelt erschien. Die Blasse im Hosenanzug versinkt in Gebetspose, aber sie steht dabei in der Hocke auf ihren Füßen, die Absätze und die Sohle der Pumps sind mit einer Querverstrebung verbunden. In dieser erdverbundenen Statik entweicht doch ein Teil von ihr aus dem Bild heraus (brüchiges Zeitungspapier abgeheftet im blauen Buch).

Aber auch die Annonce von Dior (nur eine Kopie, steckt hinten im Moleskine) mit dem einsamen Mann im gutgeschnittenen Anzug vor der Weite einer Landschaft spricht die Sprache der heiligen Ehrlichkeit. Die Augen ruhen sich aus, wie sie es auch im Winter an den Fassaden der Berliner Plattenbauten tun können, eine Möglichkeit der Kontemplation für den Menschen, die vollkommen unterschätzt wird. Auf dem Weg mit der Trambahn nach Weißensee zum Beispiel rauschen die Plattenmosaike mit ausgebrannten Flecken vorbei. Am Kottbusser Tor lege ich immer wieder stumm den Kopf in den Nacken und blicke in die aufgerissenen Münder der Ku-Klux-Klan-Häuser. Von kleineren abgetönten Betonquadern in den Nebenstraßen schneide ich eine obere Ecke diagonal an. Scharf gegen das Kristallblau kontrastiert, sickert die Komposition durch meine Netzhaut und erzeugt tiefer eine wohlige Leere.

Hat sich jemand schon mal gefragt, was Caspar David Friedrichs Wanderer über dem Nebelmeer (mit Tesafilm über dem Bett) mit seiner Hand macht, welche nicht den hölzernen Stock hält? Ich drücke den Engel so fest in meine Arme, dass er sich nicht wehren kann, und wir bleiben noch ein bisschen unter der Bettdecke liegen.

Mein Bruder Julien erzählt mir beim Frühstück, dass Carla Bruni (auf Juliens iPod in der Gesäßtasche) ein Model sei, ein Model, das Gitarre spielen und intelligente Texte singen kann und zu dessen Melodie sich Emmanuelle Béart vom Fenster zum Bett bewegt (auf seiner Festplatte), was ist das für ein Gefühl, eine Flüssigkeit zu erschaffen, in der die Schöne schwimmt. Julien sticht mit dem stumpfen Löffel in das Fleisch einer Grapefruit und spritzt sich ins Auge.

Ein Journalist schreibt, Béart habe sich nicht hergegeben für den H&M-Spot, sondern vermittle das postpostmoderne Bild der Einsamkeit der Frau, die mit sich zufrieden sei, des Mannes nicht mehr bedürfe, nur der Katzen. In der Werbung stecke doch auch immer die Ehrlichkeit des Marktes und so weiter, und meine beste Freundin Claire hat mich dieses Jahr verlassen, um sich fern von Berlin in ihrer neuen Universitätsstadt abzuhärten gegen den Gesellschaftsdrang, weshalb sie sich immer wieder allein vor den Mauern des Klosters findet, sich selbst in ihrem Experiment der Einsamkeit genügend, mit der Aussicht auf einen alten Friedhof voll struppigen Wintergrases zwischen den Gräbern. Die Ponys weiden dort auch bei Minusgraden, stöbern aber immer nur um die harten Gräser herum. Claire steckt manchmal den Novalis einfach ein (in die daunengefütterte Manteltasche) und lässt sich die Finger von ihnen warm pusten. Immer, wenn ich sie anrufe, höre ich das Glockenspiel des Klosters im Hintergrund.

Die Weihnachtsfeiertage im Haus der Großeltern nutzt Julien dazu, mir die Globalisierung zu erklären, während ich leise in sein weißes Hemd (an der Schulter) weine. Jeder mache halt das, was er am besten könne, so habe es schon Adam Smith prophezeit, erst im Staat und nun auf großer Ebene, die Globalisierungsgegner zerstäuben auf dem Weg Richtung Entwicklungsland und schädigen mit der Forderung nach höheren Löhnen für die Inder im Grunde nur sich selbst, denn wir leben nur, weil wir die Dritte Welt für uns arbeiten lassen, wir hängen an ihrer Brust voll mit billiger und süßer Milch. Und Dankbarkeit solltest du empfinden, Schwesterchen, in eine Zeit geboren worden zu sein, in der wir die Hochkultur präsentieren, die bald wieder untergehen wird, und dann kommen China und Indien, aber noch dürfen wir ein Teil der Wasted German Youth sein und unter unsresgleichen motivationslos am Arbeitsmarkt vorbeistudieren. Irgendwann wird es die Namreg Youth geben, aber dann sind wir schon tot.

❄ 37 ❄

Ich esse ein selbstgebackenes Plätzchen, aus dem mir der Marmeladenklecks herausfällt, hebe ihn auf und setze ihn wieder in die Vertiefung. Wenigstens bekommen wir die Klimaerwärmung noch mit.

Julien und ich bewegen die Schiebetür zur Seite und drücken uns eng aneinander gepresst in die Ledersessel vor dem Kamin.

Bei Opa im Kriegsgefangenenlager im Rheingau war es immer schwimmbadblau, der Geschmack von gechlortem Wasser auf der Zunge, der in den Lymphbahnen unterhalb der Ohren stach.

Das Kaminfeuer blubbert. So blau.

Die Amerikaner chlorten das Rheinwasser nämlich. Aus dem Kaffee und Zucker der Carepakete und ein paar Tropfen türkisfarbenem Wasser kneteten sich die Männer einen süßen Moccabrei. Mit der Nagelschere schnitten sie feine Ofengitter aus Blech und legten es auf Konservenbüchsen. Das Brennmaterial gaben die Bäume der Obstbaumplantage, auf die man sie mit ein paar Zeltplanen geworfen hatte, ein Viehzaun zur Begrenzung, mit dem Messer schabten sie dann erst die Rinde der Bäume herunter, immer weiter zum Kern, und nach sechs Wochen ragten nur noch kegelige, gefräste Stümpfe auf der riesigen Fläche, die bis zur Auflösung des Lagers auch noch abgeraspelt wurden. Sie kauten Späne, um mit dem Magen in Verbindung zu bleiben.

Und immer blinkte der Geschmack türkis. In der Dose war übrigens ein kleiner Käse, das Brot war weiß und pappig. Opa isst das Schwarzbrot zum Abendessen am liebsten, wenn es so trocken ist, dass man es kaum noch zerbeißen kann. Julien fragt, ob sie sich nicht gegenseitig umbrachten vor Hunger dort im Lager. Opa ist entsetzt: Wir waren doch Kameraden.

Und viele hatte er schon verloren. An der Seine, und er hatte nur überlebt, weil er sich verhielt, wie sie es bei der Reichswehr gelernt hatten. Und während die anderen in ihrer Hysterie zerfetzt wurden, blickte Opa ganz ruhig in den Himmel, sah die Flugzeugböden sich öffnen und die Bomben geschmeidig nach unten fallen, rannte ihnen nach, sodass er sich in unmittelbarer Nähe neben ihnen fallen lassen konnte, denn die Splitter spritzten vom Einschlagloch wie eine Fontäne schräg nach oben. Nahe an ihrem Quell war man sicher.

Die Amerikaner, die später das Anwesen der Familie besetzten, ließen sie gewähren und hausen, ohne auch nur einmal Kontakt aufzunehmen. Die Familie kehrte erst wieder ins Haus zurück, als sie gegangen waren. Wir hassten sie nicht, wir waren nur dankbar, dass wir lebten und der Krieg zu Ende war.

Julien, Opa und ich starren ins Feuer. Ich frage entrüstet, warum er uns das jetzt erst erzählt, meine Mutmaßung gleicht nicht der Antwort, und ich fühle mich ertappt. Opa schiebt noch mit dem Feuerhaken ein paar Teile in die Glut.

Ich merke, Julien will die Geschichten für sich haben. Es war seine Idee nachzufragen.

Also gehe ich rüber zu den Frauen. Erzählt er schon wieder, fragt Großmutter. Ich schiebe die Tür zu, damit sie nichts hört, und die Tanten und ich trinken Krimsekt bis tief in die Nacht, während Großmutter Gläser spült. Als es nach zwölf ist, öffne ich behutsam die Tür und führe Julien mit glänzenden Augen, die er sich jetzt an mir (an meinem Kragen) abreibt, nach Hause.

Rainer Merkel ✣ Geister

Es klingelt das erste Mal schon am frühen Nachmittag. Ich bin im Zimmer meines Bruders und entdecke unter dem Bett die Krankenhauskrücken. Graubeige und nach frischem Gummi riechend, zum Teil noch in Folie eingepackt. Es klingelt mehrmals, zwei- oder dreimal, während ich gedankenlos mit den Krücken meines Bruders herumspiele. Mit der einen stochere ich in der schwarzen Satinbettwäsche herum, die meine Mutter für ihn gekauft hat, mit der anderen stützte ich mich, in einem größenwahnsinnigen und sexistischen Übergriff, an dem über dem Bettkasten hängenden Konzertposter von Joan Baez ab, in Höhe ihres leicht verkniffenen Mundes, den ich aber knapp verfehle, bis ich das Bild bei einem weiteren Versuch längs der ergrauten Schläfenpartie von Joan Baez beinahe komplett aufschlitze. Ein paar Minuten später klingelt es wieder. Zuerst sehe ich niemanden. Am allerwenigsten erwarte ich, dass es der Elektriker ist. Er steht gegen das von innen beschlagene Glas des Wintergartens gelehnt, in einem blauen abgenutzten Pullover, als müsste ein Elektriker so einen Pullover tragen, in einer Aureole aus Fusseln, umgeben von einem widerspenstigen Feld elektrischer Spannung. Ich hätte gleich sehen müssen, dass mit ihm etwas nicht in Ordnung ist. Ein großer kräftiger Mann mit einem kantigen Gesicht, der sich ungewöhnlich gebückt hält.

»Ja, ein ungünstiger Zeitpunkt«, sagt er, während er einen Schritt nach vorne macht. »Die Lüsterklemmen ... noch alles ohne Isolierung ... nicht richtig gesichert. Und der Trafo«, er spricht merkwürdig gestelzt und schleppend, »müsste eigentlich innen liegen, und da liegt er nicht. Er ist noch draußen.« Er dreht sich zum Wintergarten um.

Ich habe ihn die ganze Woche über ignoriert, wie einen von diesen Handwerkern und Dienstleistungsgeistern, die wir in San Diego immer um uns hatten, Slalomstangen auf dem Weg in die privaten Rückzugsgebiete, im Vorgarten, auf der Auffahrt zur Garage, zwischen den Hecken. Die überraschend hinter einer Palme auftauchende Gießkanne, und in ihrer Verlängerung eine dunkelhäutige Hand, schlecht maniküırt und in ihren Bewegungen von einer erhabenen Schwermut und Lethargie. Tatsächlich aber hat der Elektriker eine beindruckende Schnelligkeit an den Tag gelegt, nachdem mein Vater ihn engagiert hat. Er stammt aus dem Rheinland, aus der Nähe von Worms, und Weihnachtsbeleuchtung, sagt er, mache er so ganz nebenbei. Und da steht das Gebilde nun, ohne Schnee, am helllichten Tag, ein kläglich Gerippe, das auf seine Erleuchtung wartet.

»Ich würde auch gern den Trafo austauschen«, murmelt er, »aber das kann ich erst nach den Feiertagen. Ich hab das mit deinem Vater schon vereinbart ... ist schon abgesprochen.« Er dreht sich nach dem Reindeer um, es ist überallhin verkabelt und steht bereit, bis zum Rotkreuzplatz und darüber hinaus von unserer Rückkehr zu künden.

»Ich hab nur jetzt kein Isolierband dabei«, erklärt er. »Ich bin ja nur zufällig vorbeigekommen.« Ich schaue, ob ich sein Auto irgendwo sehe oder sein Fahrrad. Es kommt mir von Anfang an verdächtig vor, dass er zu Fuß unterwegs ist. Tatsächlich hätte ich in San Diego bei einem solchen Fehlen von Transportmitteln sofort Verdacht geschöpft, nicht aber in München, wo ich den Fehler mache zu denken, es sei ein Fall von besonderem Arbeitseifer.

»Ist das in Ordnung so?«, fragt er.
»Ja.«
»Ganz bestimmt?«
Ich nicke.
»Funktioniert es denn auch?« Zum ersten Mal nehme ich den leicht eirigen Tonfall in seiner Stimme wahr. Ich drehe mich nach meiner Mutter um, denke über die Möglichkeit nach, ihm Isolierband zu verschaffen. Dann lasse ich ihn stehen. Einfach so, in einer plötzlichen Anwandlung. Wie einen Asylsuchenden, dem mein Vater, der Ex-Generalkonsul, Visumsbeschaffer und Passbetreuer schon die richtige Behandlung zuteil werden lassen wird. Ich gehe ins Wohnzimmer, um nach meinen Eltern zu schauen.

Sie sind im Wintergarten, nur ein paar Meter entfernt. Meine Mutter sitzt in einer für sie typischen erstarrten Pose, die verrät, dass sie gedemütigt worden ist, sich aber nichts anmerken lassen will, mein Vater läuft in gespielter Erregung hin und her. Auf dem Schreibtisch steht die futuristisch geformte konische Säule, auf der er seinen Laptop abstellt, da er seiner Rückenprobleme wegen erhöht arbeitet. Sie harmoniert mit nichts im Raum, schon gar nicht mit den gedeckten herbstlichen Farben auf dem Körper meiner Mutter, einem rostbraunen Lederkostüm, zu dem sie blickdichte Strumpfhosen trägt.

»Schön, dass du dich auch mal sehen lässt«, sagt mein Vater. Meine Mutter sagt nichts. »Dein Bruder kommt nicht. Jedenfalls nicht heute. Und das ist jetzt die offizielle Version.« Er legt effektvoll die Hände zusammen und schaut meine Mutter an.

»Wir haben noch nicht entschieden, was wir tun«, fährt er fort. »Diese Frau, die deine Mutter engagiert hat, ist noch bei ihm. Diese ...«

»Es ist keine *Pflegerin*«, sagt meine Mutter. »Es ist auch keine Frau.«

»Ja, schön«, sagt mein Vater. Im Polohemd wirkt er noch windiger und undurchsichtiger. Er liebt es, zu Hause im Polohemd herumzulaufen, selbst an Weihnachten, an manchen Tagen sieht man ihn sogar nackt, in den frühen Morgenstunden, während er im Wohnzimmer Anrufe von Ministerialdirigenten, Staatssekretären oder von seiner Freundin entgegennimmt.

»Dieser Mensch jedenfalls, der deinen Bruder pflegt«, sagt er zu mir. Meine Mutter beugt sich vor, stützt sich mit beiden Händen auf ihren Knien ab. »Sie hat gesagt, sie bringt ihn nächste Woche«, erklärt er. Meine Mutter fängt auf einmal an zu weinen. »Oder übernächste Woche, wie es ihr gerade passt.«

»Wie es *ihm* gerade passt«, korrigiert sie. Mein Vater schüttelt den Kopf. In diesem Moment fällt mir der Elektriker ein, mit seinem in Stein gemeißelten Gesicht, seinem Flusenpullover und der fehlenden Isolierung einiger Lüsterklemmen. Es ist eine kurze weihnachtliche Epiphanie. Eine Sekunde später habe ich ihn wieder vergessen. Meine Mutter weint. Leise und verhalten. Mein Vater liebt diese Augenblicke, diese kleinen apokalyptischen Momente, vor allem in seiner Familie, die er im Vorübergehen in den Griff bekommen kann, eine kleine Fingerübung für jemanden, der weltpolitische Herausforderungen gewohnt ist.

»Willst du das deinem Vater vielleicht mal erklären«, fängt meine Mutter auf einmal an, »dass es in erster Linie an *uns* liegt. Wenn wir jetzt sofort losfahren, können wir es problemlos schaffen.«

Mein Vater lehnt den Kopf zurück. Er versucht, nachgiebig zu sein. »Wir wollen ihm das nicht *auch* noch antun.«

Meine Mutter wendet sich an mich: »Dein Vater denkt nur in Kategorien der Praktikabilität. In den Kategorien der Machbarkeit. Aber so *männlich* ist das auch wieder nicht.«

»Ich fahre nicht ohne Absprache«, sagt mein Vater. »Ich überfalle ihn nicht einfach so.«

»Dann bleib hier«, bricht es aus meiner Mutter hervor. »Bleib einfach hier.«

»Wenn, dann fahren wir zusammen«, erklärt mein Vater ganz ruhig.

»Du kannst einfach Leute nicht leiden, die sozial engagiert sind ... die anderen Menschen helfen.« Meine Mutter dreht sich mit schon halb getrockneten Tränen und überraschender Klarheit in den Augen zu mir um. »Dein Bruder kann wahrscheinlich nicht mehr laufen. Das hat Konrad gesagt. Er hat es mir gestern am Telefon erklärt, und dass er noch mal operiert werden muss.« Sie nickt. Aber erstaunlicherweise weint sie nicht.

»Na und«, sage ich. Ich sage es einfach so, ohne nachzudenken. Vielleicht denke ich an die Krücken oben im Zimmer, an die grauen Plastikpropfen am Ende der Krücken, die ein leicht saugendes Geräusch von sich geben, wenn man sie gegen den Boden presst. An einen Plastikpropfen knapp neben dem schmalen und verkniffenen Mund von Joan Baez, die mein Vater in einer seiner verlogensten Inszenierungen zu seiner Lieblingssängerin erkoren hat.

»Hör mal«, sagt er. »Das ist kein Spaß. Dein Bruder wird wahrscheinlich ...« Er sieht zu meiner Mutter und bricht ab. Ich erinnere mich an ein Essen anlässlich der Promotion meines Bruders, mit seiner Freundin, einer Kollegin vom CERN. Die Freundin meines Bruders schaute meinen Vater an, als sei er ein seltenes Tier. »Das ist große Oper!«, sagte mein Vater und meinte die Arbeit meines Bruders, seine Erfolge in der Grundlagenforschung. »Und der Beschleuniger, der geht unter der Erde weiter bis nach *Frankreich*?«, fragte er.

»Ja, aber in der Schweiz gehört den Landbesitzern alles, was bis zum Erdmittelpunkt geht und deswegen ...«

»Ha«, lachte mein Vater. »Wir Deutschen, wir gehen nicht in die Breite, wir gehen in die Tiefe.« Mein Bruder legte den Arm um seine Freundin und lächelte. »Die Blüte der deutschen Physik ist doch schon wieder vorbei, das war *vor* dem Krieg.« Er sagte es auf Englisch, damit es seine Freundin, die kein Deutsch spricht, auch verstehen konnte. Er versuchte den Eindruck zu erwecken, er sei noch immer in sie verliebt, wir seien eine Familie, die in Herzensangelegenheiten verlässlich und beständig ist. Meine Mutter und ich haben das letzte Jahr der Dienstzeit meines Vaters in einer Villa im venizianischen Stil in San Diego verbracht, weil meine Mutter meinen Vater nicht mehr ertragen konnte. Warum wir jetzt wieder zusammenwohnen, ist mir schleierhaft. »In die Vertikale«, erklärte mein Vater auf Englisch, »nicht in die Horizontale«, er lachte. »Das ist der Weg, den die Philosophen und Romantiker auch gegangen sind.« Kurze Zeit später ging die Freundin meines Bruders auf die Toilette und kehrte mit neu aufgelegtem Lippenstift zurück, als müsste sie sich schützen oder bewaffnen.

Meine Mutter stützt sich auf den Armlehnen des Sessels ab, sichtbar bemüht, mit einer letzten Anstrengung aufzustehen. Zum zweiten Mal fällt mir der Elektriker ein. Ich denke, ich warte diesen Augenblick noch ab, den Moment, in dem meine Mutter, die wahrscheinlich die halbe Nacht wach gelegen und geweint hat, sich aufrichtet und wieder zu sich findet.

»Bleib sitzen«, sagt mein Vater. »Wir feuern hier keine Schnellschüsse ab. Ich rufe noch mal an. Dann holen *wir* ihn eben ab und bringen ihn her. Das wird ja wohl ein paar Tage zu schaffen sein.«

»Er ist ausgebildeter Physiotherapeut«, erwidert meine Mutter erstaunlich gelassen, während sie sich wieder in den Sessel zurücksinken lässt. »Ob er einen Abschluss hat oder nicht. Das ist mir egal. Würdest *du* ihn denn tragen? Deinen kranken Sohn. Hier vor unser aller Augen? Würdest du das tun?«

Mein Vater stützt sich am Schreibtisch ab, mit einem süffisanten Lächeln, das besonders gewalttätigen und zerstörerischen Ausbrüchen vorausgeht. Es ist der geeignete Moment, unseren Gast im Vorgarten zu erwähnen und das fehlende Isolierband zur Sprache zu bringen.

Sie sind froh über die Ablenkung, diesen plötzlichen Einbruch der Realität. Mein Vater ist zunächst etwas irritiert und versucht, den Elektriker abzuwimmeln. Es stellt sich heraus, dass er in einer Notsituation ist. Er hat sich zu Hause ausgesperrt, erklärt er, und das ist nicht unbedingt das, was man von einem Handwerker erwartet. Ich bin im ersten Moment erleichtert, weil es bedeutet, dass sich unsere Abfahrt verzögert. Meine Mutter ist in ihrem Element. Es scheint jetzt nichts Wichtigeres zu geben als diesen fremden, unbekannten Menschen, den sie noch gestern wie Luft behandelt hat. Sie läuft die ganze Zeit mit Cola und Apfelsaft hinter ihm her, peinlich darum bemüht, dass er nicht noch mehr Alkohol trinkt. Beim Abendessen ist er immer noch da. Er spricht kaum, Andeutungen darüber, was genau passiert ist, bleiben fragmentarisch, und erst später erzählt er meiner Mutter, in einem langen verzweifelten Monolog, dass er vor dem Abgrund steht und seine Ehe ruiniert ist. Immerhin zieht er seinen Pullover aus und legt ihn sorgfältig zusammengefaltet neben sich. Ein paar Mal ruft mein Bruder an, weitere Diskussionen folgen, während unser Gast demütig darauf wartet, von meiner Mutter durch den Abend gefüttert zu werden. Er hat etwas Sanftes und Unschuldiges an sich. Meine Mutter hat sich umgezogen, sie schwebt in einem leichten, weißen Hosenanzug um ihn herum. Wir verzichten darauf, die Geschenke auszupacken, und ich habe nichts dagegen, weil ich keine gekauft habe. Als mein Vater gegen den Willen meiner Mutter nach dem Essen eine Flasche Wein aufmacht, gehe ich nach oben in mein Zimmer und lege mich ins Bett. Ich höre, wie meine Mutter sagt: »Aber sollen denn die Kinder im *Schwarzwald* Weihnachten feiern?« Und der Elektriker murmelt etwas. »Die Wohnungsschlüssel?«, höre ich sie sagen. »Hat sie die denn etwa *auch* mitgenommen?«

Als ich aufwache, ist es unten im Wohnzimmer ganz still. Einige Stunden müssen vergangen sein. Ich gehe in das Zimmer meines Bruders, in der Erwartung, ihn in seinem Bett und die Tür verschlossen zu finden. Ich erkenne deutlich den breiten und sich mir entgegenwölbenden Riss in der Schwarzweiß-Fotografie von Joan Baez, ihre Kurzhaarfrisur, die im Dunkeln silbern schimmert, und wie sie unter dem Riss in ihrem Gesicht zu mir herüberlächelt. Jetzt ist es nicht einmal sicher, ob mein Bruder überhaupt ins CERN zurückkehren kann. Sein Arbeitsplatz wird ihm frei gehalten, aber wer weiß, wie lange noch, und was ist das schon für eine Gnade? Nach dem Essen am Abend seiner Promotionsfeier fuhren wir noch zu einem Club in der Innenstadt von Genf, und auf dem Rückweg ins Hotel ließ er mich fahren, obwohl ich noch gar keinen Führerschein habe. In kurzen bruchstückhaften Träumen taucht jetzt diese Fahrt immer wieder auf. Die Stimme meines Bruders und die ängstliche, mahnende Stimme seiner Freundin, die mit hochgezogenen Beinen auf dem Rücksitz sitzt. In diesen Träumen ist es still, und natürlich, wie ich es mir zu erklären versuche, ist das ein Ausdruck des Todes, ich höre die Lüftung, die auf die höchste Stufe gestellt ist, sehe die Armaturen, die Scheibenwischer und einen gleichmäßigen, ebenfalls geräuschlosen Niederschlag, eine Mischung aus Schnee und hellen, blitzartigen Lichtpunkten.

»Das könnte ein zehndimensionaler Raum sein«, hatte mein Bruder beim Essen erklärt, während mein Vater damit beschäftigt war, das Eigelb auf dem *Tartare de bœuf* zu verteilen. »Und wenn ihr euch das überlegt«, seine Augen glühten vor Begeisterung. »Zehn Dimensionen, dann fragt man sich, warum wir nur drei plus eins Dimensionen wahrnehmen können.«

»Plus eins?«, fragte meine Mutter.

Benommen und in dem Gefühl, mein ganzes Leben verschlafen zu haben, kehre ich ins Wohnzimmer zurück. Meine Eltern sitzen zusammen mit dem Elektriker am Tisch. Wie ich im Nachhinein rekonstruiere, können sie zu diesem Zeitpunkt schon nicht mehr nüchtern sein.

»Ist er das?«, ruft der Elektriker. Er hebt das Glas und prostet mir zu. »Der Doktor aus Genf ... frisch promoviert!«, ruft er, als sei das ein Trinkspruch. Ich sehe den erschöpften Blick in den Augen meines Vaters, das nervöse Zittern im Gesicht meiner Mutter. Innerhalb eines Augenblicks, mit einer hingeworfenen Bemerkung von mir, gerät der Abend in eine Schieflage. Schon wenig später hat jeder seinen Sitzplatz verlassen und ist aufgestanden. Ich stehe neben dem Schreibtisch meines Vaters, während meine Eltern abwechselnd im Zimmer herumirren, am Tisch stehen oder auf mich einreden.

»Das liegt daran, dass er noch keine Freundin hat«, erklärt meine Mutter schließlich. »Emotional ist er eben noch nicht so weit. Er kann sich nicht abgrenzen, nicht wahr?« Sie sucht Unterstützung bei unserem Gast, der sich zu eisigem Schweigen verpflichtet hat. Mein Vater versucht zu vermitteln, aber es gelingt ihm nicht.

»Ja, *ihn* meine ich«, sagt mein Mutter und zeigt auf mich. Ich lege meine Hand auf den Plastikständer des Computers meines Vaters. Der Computer, ein schmaler, metallisch glänzender Luxusgegenstand mit dem Modellnamen Ferrari steht aufrecht blinkend in der offenen Ledertasche neben dem Schreibtisch.

»Ihn?«, fragt mein Vater.

»Ja, *deinen* Sohn.« Ich überlege, ob ich den Ständer nach ihm werfen soll, entscheide mich aber dann, dass ich ihn lieber nach meiner Mutter werfen würde.

»Selbst, wenn er wollte. Er könnte gar nicht hierbleiben«, sagt mein Vater. »Das würde ich nicht zulassen.«

»Soll er doch nachkommen und den Zug nehmen«, sagt meine Mutter. »Den verdammten Zug«, schreit sie auf einmal. »Er will sein Leben genießen. Das willst du? Ja? Mein *Liebling*?«, schreit sie mich an. Sie ist völlig betrunken. Ihre weiße Hose hat sich an den Unterschenkeln unvorteilhaft aufgerollt, und ich frage mich, wie groß die Wahrscheinlichkeit ist, dass ich sie treffe, und ob es demütigend wäre, sie zu verfehlen.

»Du kannst nicht einfach über einen Menschen so urteilen«, erklärt mein Vater. Er schaut zu unserem Gast. »Vielleicht wollen Sie schon hoch und sich zurückziehen?« Er zeigt nach oben, wo sich das Gästezimmer befindet.

»Ich möchte ihn nicht mehr sehen«, sagt mein Mutter, meint aber mich. »Ich kann ihn nicht mehr ertragen.« Ich sage etwas Abfälliges und Hämisches, aber ich wiederhole nicht noch einmal meine Drohung, dass ich nicht mitkomme und stattdessen zu Hause bleibe. Mein Vater kommt auf mich zu, mit einem staatsmännischen Ausdruck, den ich schon kenne.

»Sie meint es nicht so«, sagt er ganz leise zu mir. »Ich hab das alles verbockt. Das ist meine Schuld. Deswegen flehe ich dich an ...« In diesem Moment steht der Elektriker auf, peinlich berührt, weiß aber nicht, wo er hingehen soll.

»Meine Frau zeigt Ihnen Ihr Zimmer«, sagt mein Vater, während er mich am Arm festhält. Meine Mutter stößt beinahe gegen die gläserne Schiebetür, die den Wintergarten vom Salon trennt, als sie ihn nach oben bringt, und ich frage mich, ob sie jemals zurückkehren wird. Mein Vater steht mir jetzt gegenüber, er presst die Lippen zusammen. Für einen Augenblick erwarte ich, dass er jetzt zum Gegenschlag ausholt.

»Ich bin müde«, sagt er. »Einfach nur müde.« Ich würde mir die Worte auf der Zunge zergehen lassen, wenn ich nicht wüsste, dass sie eine Lüge sind. »Bitte«, sagt er noch, flüstert er. »Tu mir diesen einen Gefallen. Behandle deine Mutter nicht wie Dreck. Ich *liebe* sie doch.« Es ist einen Moment lang still. Ich spüre die Kopfschmerzen, den metallischen Geschmack des Schlafes in meinem Mund, und ich habe das dringende Bedürfnis, mir die Zähne zu putzen.

»Du bist ein Idiot«, sage ich. Er lächelt, unsicher, wie er reagieren soll.

Der Wintergarten hat noch nicht einmal Vorhänge. Alle Menschen, die an diesem Abend auf der Nymphenburger Straße spazieren gehen, können sehen, wie mein Vater auf mich zugeht und versucht, mich zu umarmen, während ich mich zur Seite drehe, so dass die nach mir ausgestreckten Versöhnungsarme meines Vaters, des ehemaligen Leiters der politischen Abteilung der Botschaft in Taipeh und des ehemaligen Direktors der Ippendorfer Diplomatenschule, ins Leere greifen. Der Elektriker, unser Ehrengast, meine betrunkene Mutter, das helle, nach außen in die Welt herausstrahlende Licht der Stehlampen im Wintergarten, jeder kann es sehen, jeder kann sie bezeugen, unsere kleine innerfamiliäre Tragödie, und wie wir in die Welt hinausposaunen, wie sehr wir uns lieben. Der Elektriker entschuldigt sich später. Es ist fast unerträglich. Er kommt noch einmal nach unten.

»Es tut mir furchtbar leid«, sagt er. Er entschuldigt sich, dass er mich für meinen Bruder gehalten hat.

»Ist okay«, sage ich. Er sitzt auf dem Sessel meiner Mutter, die Hände gefaltet, den Kopf gesenkt. Er wartet darauf, dass das Bad frei wird. Draußen ist es viel zu warm, es ist fast frühlingshaft. Ich stehe auf dem sorgfältig gepflegten, wie manikürt wirkenden Rasen, der Versuch meiner Mutter, alles so aussehen zu lassen wie in unserer alten kalifornischen Heimat.

»Mehr Respekt«, sagt mein Vater noch, bevor er sich zurückzieht. »Sie ist immer noch deine Mutter.«

Ich warte draußen, bis der Elektriker verschwunden ist und sich in seinem Zimmer schlafen legt. Ich überlege, ob ich meinen Bruder anrufen soll, noch bevor es meine Eltern tun. Selbst in seinen Vergnügungen, in seiner Fähigkeit zu genießen, ist er konsequenter als ich. Wie er die halbe Nacht getanzt hat, in dem Club in Genf, der Gingerbreadgirl hieß. Seine Freundin und ich konnten uns kaum noch auf den Beinen halten, und er tanzte. Er hat eine Neigung, bis zum Äußersten zu gehen, die selbst meinen Vater beeindruckt. Wie er nach seinem gescheiterten Selbstmordversuch auf dem Dach eines Kleinbusses zu liegen kommt, nach einem Sturz aus dem zweiten Stock, dabei ist es doch eine Binsenweisheit, dass es aus einer solchen Höhe nicht funktioniert, ein Armutszeugnis für einen Physiker dieser Güteklasse. Er liegt dort die ganze Nacht, bis in den frühen Morgenstunden ein dichter und undurchdringlicher Nebel aufzieht. Regungslos, die Arme an den Körper gepresst, in einer Haltung größter Würde, in einer Kuhle aus kaltem, nachgiebigen Metall, schwer atmend und, wie seine Freundin, die er mittlerweile schon wieder verlassen hat, nachher erzählt, krampfhaft darum bemüht, von niemandem gesehen zu werden. Ein Wunder, dass er überhaupt gefunden worden ist.

Auf der Wiese, im Vorgarten, schaue ich auf das warme, mal gelbe, mal pfirsichhafte Licht der beiden Stehlampen mit ihren großen schlanken Lampenschirmen, die wie Hälse aus dem beigefarbenen Velourteppichboden wachsen. In dem ganzen Trubel haben meine Eltern vergessen, die Weihnachtsbeleuchtung einzuschalten, und jetzt sehe ich, wie trostlos unser Wohnzimmer aussieht. Ich stehe im Garten und schaue durchs Fenster. Ich stehe einfach so da. Eine halbe Stunde, vielleicht eine Stunde. Später regnet es. »So, dann wollen wir mal«, sagt mein Vater am nächsten Morgen. »Und? Habt ihr gut geschlafen?«

Boris Fust ❊ No pasarán!

Alle Jahre wieder ist immer dasselbe. Härter die Gitarren nie krachen. Bevor Tom Angelripper das Lied über den »Wachturm« zu mitternächtlicher Stunde durch das schnapsbefeuerte Wohnzimmer bölkt, ist zunächst Iggy Pop Aufmerksamkeit zu schenken. Denn der ist ein herrlich unangepasster Rockstar und hat als solcher in etwa Folgendes mitzuteilen: Als Angehöriger der westlichen Zivilisation müsse man vordringlich mit Menschen aus Übersee den Geschlechtsverkehr praktizieren. Nur so könne sichergestellt werden, der Menschheit einen qualitativ hochwertigen, da ausdifferenzierten Gen-Pool mit auf den weiteren Weg zu geben, der langfristig ihr Überleben ermögliche.

Vatermutterkind essen veganen Möhrenkuchen und überreichen sich die Geschenke. Iggy Pop liegt auf dem guten Thorens-Plattenspieler und lässt sich seine ewige Message per Nadelsaphir aus den Klangrillen von »Mixin' the Colors« schaben: Sex mit Ausländerinnen viel gut.

Vatermutter wiegen die Geschenkpakete abschätzend in den Händen und sich selbst im schlagzeuguntermauerten Rhythmus. Sie mögen diese von Steve Albini produzierte Platte und legen sie jedes Jahr als Soundtrack zur Bescherung auf. Den liedtextlichen Interracial-Porno lesen sie als wertvollen Beitrag zum antirassistischen Kampf, der ja niemals – auch und schon gar nicht am Heiligen Abend! – zum Erliegen kommen darf. *»All across the continents / Everywhere a soul is sent / A new mix of the races is taking place.«*

Vater bekommt von Mutter einen Briefwechsel mit Klaus-Rainer Röhl geschenkt, den sie vor einigen Jahrzehnten heimlich mit jenem unterhielt. Eine Stimmung allumfassender Milde durchflutet den an normalen Tagen ausschließlich vom Siamkater bewohnten Wintergarten. Im Gegenzug setzt es ein vom Gütersloher Spitzenkünstler Hanns-Werner Glaw mit Ochsenblut in Kleinserie fabriziertes Porträt von Horst Mahler. Die Milde schlägt um in ehrliches Verzeihen.

»*Out on the edges / They're mixin' the colors / Some they don't like it / But me I don't mind.*« Das hat man schon einmal entschiedener gehört. Aber es ist ja Weihnachten.

Ein Hinweis indes müsse auch heute erlaubt sein, spricht Vater. Und zwar solle die U-Boot-Flotte der Bundeswehr dringend Erneuerung erfahren. Nur so könne die ihren Antifa-Einsätzen gegen Superfaschos à la Milošević noch befriedigend nachkommen. Sonst stünde der Welt ein Holocaust bevor, den dann auch ein Ahmadinedschad nicht mehr leugnen könne. Und diesen ganzen bekloppten Mullahs müsse man ohnehin mal zeigen, wo der Hammer hängt.

Iggy Pop schweiget stille nun. Die erste Seite von *American Cesar* ist durchgelaufen. Vater erhebt sich, schreitet zum Thorens und setzt den Saphir behutsam noch einmal auf die Einlaufrille der A-Seite. Es knistert wie das Geschenkpapier um *Zombie Nation*, jene populärwissenschaftliche Autobiographie des wolgadeutschen Spätaussiedlers und Gerontologieforschers in eigener Sache Jochen Lottmeier – das Geschenk, das dem Kinde zugedacht ist. Als Mahnung, ein Fanal gegen die darin beschriebene Bevölkerungsvergreisung zu setzen. Mutter guckt bereits regelmäßig in der FußgängerInnenzone nach Säuglingsbekleidung, um im Thema zu sein, wenn es hoffentlich bald soweit ist. Ob das Kind denn nicht mal endlich eine Freundin sich zulegen wolle?

Henry Rollins brüllt los, der auf »Wild America« in der Songmitte einen Gastauftritt hat. Das einzige, was er zu diesem Zeitpunkt überhaupt sagen könne, erläutert Rollins, sei, dass er 24 Stunden am Tag, sieben Tage die Woche, 365 Tage im Jahr amerikanischer Staatsbürger sei. Und damit hat es sich auch schon.

Vater setzt sich, steckt sich eine American Spirit ins Gesicht und faltet die Hände über der Strickweste. Man wolle, so spricht er, zunächst an diejenigen Menschen denken, denen es nicht so gut gehe und die in diesen Stunden keine vegane Möhrentorte zu ihrer Verfügung hätten. Christian Klar zum Beispiel. Diese wachsweiche Kröte! Ziemlich fertig müsse der ja inzwischen sein durch die ganze Isolationsfolter und so weiter, dass er sein erbärmliches Gnadengeheul vor den Augen und Ohren der versammelten Weltpresse ausstoße. Aber an einem Tag wie dem diesen könne man ihm, ganz wie der Bundespräsident, nicht recht böse sein. Aber eben auch nicht viel für ihn tun, leider.

Mutter bringt eine weitere Kanne edlen Hochlanddarjeelings, first flush, TGFOP herbei. Vater schenkt großzügig sich selbst ein. Die Les Paul jault aufpeitschend im Hintergrund, aus der Küche dringt bereits der Geruch der Mulligatawny-Suppe. Der Siamkater hat sich zusammengerollt und schläft den Schlaf der Gerechten.

»Die Volksbank Rheda-Wiedenbrück hat es endlich unterlassen, unaufgefordert Weihnachtsbäume als Werbegeschenk zu verschicken«, sagt Vater und deutet triumphierend in Richtung der leeren Ecke, wo früher stets der Weihnachtsbaum und noch viel früher die Mao-Büste stand. Endlich setzt er die American Spirit in Brand. Er hat seinen Frieden gemacht.

»Wild America«, schreit Iggy Pop aus dem Wohnzimmer herüber. Vatermutterkind sind jetzt ganz friedlich. Denn das Stück handelt nicht allein von den Vorzügen weiblicher Hispanics, sondern ganz entschieden auch von Kokain. Darauf können sich Vatermutterkind stillenachtschweigend einigen. Auf dem kunstdüngerverseuchten Boden der Soester Börde liegt zuviel Schnee, um ein Erdloch zu rauchen.

Darius James ✣ Un Aperitivo Col Diavolo

für Maresa Lippolis

Die Luft war gesättigt vom Nelkendunst glasierter Mandeln, die in einem Sud künstlicher Aromen brodelten. Der Ku'damm war in frostiges Licht gehüllt, beladen mit Einkäufen schlingerten pelzverschnürte Menschen die breiten Bürgersteige entlang. Ich zog von Bar zu Bar, die Drinks flossen ineinander, die Drogen verschmolzen, eine mitfühlende Seele begegnete mir nicht. Die Einsamkeit war niederschmetternd.

Ich trank ausgiebig. Unerbittlich. Ich trank so viel, es grenzte an Selbstmord.

Seit meiner Übersiedlung nach Europa war es mir gelungen, mich sämtlichen Freunden zu entfremden, die ich zurückgelassen hatte, und jeden zu verprellen, den ich in Berlin kennenlernte. Weihnachten war zum Fest ohne Familie und ohne Freunde geworden. Ohne Fest. Wein bis zum Abwinken und Drogen galore, das war Weihnachten. Als ich in der letzten Bar, die ich an diesem Heiligabend aufsuchen würde, auf meinen Sitz sank, war mein Hirn ein Brei aus verwischten Wirbeln und pulsierenden Linien. Meine Sicht war verrutscht, verschwommen in rotierenden horizontalen Mustern, alles sah aus wie durch ein Fischauge betrachtet. Ich konnte den Tag nicht mehr von der Nacht unterscheiden.

Geld zerfließt in meinem Mund

Im Sommer 1987 hatte Manhattan seinen Höhepunkt erlebt. Die Lower Eastside war ein Rummelplatz der Eröffnungen und Ausstellungen. Es gab Geld und Yuppies im Überfluss. Parties und Koks. Gefährliche Frauen und Junk. »Yuppiepack verrecke« war der Schlachtruf der East Thirteenth Street. Was natürlich absolut idiotisch war. Yuppies hatten Geld zu verschleudern, sie luden uns zum Essen ein, wir besorgten ihnen Drogen.

Unser Lieblingskunden waren europäische Touristen. Im Schatten der Bühne im Tompkins Square Park kamen sie auf uns zu und fragten nach Kokain. Das Zeug war billig damals, also verlangten wir achtzig für Zwanzigertütchen und behielten den Rest. Unsere ausländischen Freunde zogen immer zufrieden ihrer Wege mit den prallen weißen Päckchen Abführmittel, die wir von den Puertoricanern auf der Ludlow Street bekamen.

Es war ein anspruchsloses Leben, die Nächte waren endlos, selbst am helllichten Tag. Ich drehte meine Runden durch die Galerien, Danceclubs, After-Hour-Bars, 24-Stunden-Diners und (als der Freak, der ich nun mal bin) die Bondageclubs im Meat Packing District. Nie war klar, wo oder mit wem ich am Morgen aufwachen würde. Mal auf dem Boden eines mondänen Lofts neben einem Flittchen mit neonfarbenen Haaren, nackt bis auf ihre Netzstrümpfe, stinkend nach Schweiß und Alk. Mal mit verknäulten Gliedmaßen im Treppenhaus eines Housing Projects an der Avenue D. Aber egal wo, die nächste Station – dort, wo alles wieder von vorne begann – war immer eine Parkbank.

Woher kam das Geld? Keiner wusste es.

Fest steht nur, wir aßen, überlebten und hatten unseren Spaß. Wir genügten einander, es ging ums gemeinsame Erleben. Es gab immer eine Party, eine Vernissage, irgendetwas, wo wir eine Kiste Wein und etwas zu essen abstauben konnten.

Der Sommer ging zu Ende. Die Blätter verwelkten. Unsere ewige Nacht war vorüber.

Wir trafen uns auch weiterhin im Park und sprengten die Parties aufgeblasener Kunstszene-Poser mit mehr Geld als Geschmack. Wir lebten noch immer von dem, was die Yuppies zu viel hatten. Und gaben verklemmten Europäern falsch raus. Aber all das war nur noch Routine – die Inspiration, der Überschwang waren verloren gegangen.

Zu Weihnachten lagen die ersten Leichen im Park. Ein paar von uns kochten in den Obdachlosenasylen, Gerüchte von schnapsgetränktem Pudding zum Nachtisch machten die Runde. Auf der Bühne im Park wurden Penner vergewaltigt, brutale Gangbangs unter blinkender Weihnachtsbeleuchtung. Freunde erlagen der Verlockung des Heroin. Ich wurde zum Säufer.

Und als die Sucht das Kommando übernahm, sah ich meine Freunde der Menschlichkeit eine Absage erteilen:

Hauptsache, du überdosierst nicht. So war die Regel. *Bau bloß keine Scheiße, wir haben keine Lust auf Bullen, verstanden? Wenn Du's verkackst, gute Nacht. Wiederbelebung in der Notaufnahme? Kannst du vergessen. Wir laden dich zum Verrecken hinter irgendeiner Bruchbude ab. Dein letzter Tanz, Kumpel. Party over. Der DJ hat das Gebäude verlassen.*

Das Leuchten von Latex in der Dunkelheit

Ich saß allein an einem Tisch in der Ecke, unbeachtet von den anderen Gästen. Normalerweise hatte ich in Berlin nichts gegen Anonymität, ganz im Gegenteil. Und in der Regel ignorierten mich die Einheimischen. Ich war ein Fremder und dazu noch ein Amerikaner, also einer von denen, die für Europa das sind, was in New York Euro-Trash genannt wird. Künstlerpack, Drogenopfer. Längst hatten Backpacker mit Investmentfonds und Hipster von der Stange – mit ihrem lächerlichen Vorhaben, keinen Fuß mehr auf amerikanischen Boden zu setzen, solange der Präsident der Vereinigten Staaten im Amt war – die Figur des Auslandsamerikaners in einen absurden Witz verwandelt. Schreckliche Menschen, sie sollten aussterben, hier wie dort. Ich hab mal versucht, so einen zu Tode zu prügeln, ein langhaariges, politisch-korrektes Veganer-Arschloch, das mich für den Küchen-Nigger seiner Kunstkommune hielt. Hab ihm die Suppenkelle vor den Schädel geballert.

Diese Nacht jedoch war keine normale. Es war Weihnachten, und ich war allein in einem fremden Land. Ich vermisste meine Familie. Ich vermisste die Wärme menschlicher Zuneigung. Vor allem vermisste ich die feuchte Wärme einer in Tannenzweige gebetteten XXX-Mas-Möse unter meinem Weihnachtsbaum.

Tom of Finland und sein gläsernes Gespann

Nach meinem vierten Glas Wein dämmerte ich weg. Oder fiel in Ohnmacht, das war nicht mehr zu unterscheiden. In einem Moment nippte ich an einem modrigen Merlot, im nächsten saß mir dieser Typ gegenüber. Hatte ich überhaupt meine Augen geschlossen? Ich erinnere mich nicht, es ging zu schnell. Ich hatte still meinen Gedanken nachgehangen, versunken in ein Wirrwarr flirrender Konturen und Linien à la Grosz, eingegeben ganz offensichtlich von den Betrunkenen in der Bar, als er plötzlich, nach einem kurzen Schauer der Benommenheit, da war: ein Kobold mit Habichtsgesicht, geröteten Wangen und zwei roten Haarbüscheln, die über seinen Augenbrauen hingen wie absterbende Ranken einer vertrockneten Zimmerpflanze. Sie sahen aus wie die knospenden Hörner eines jungen Ziegenbocks. Er trug ein knallgelbes T-Shirt mit gierigen grünen PacMen.

Als ich wieder zu mir kam, war er dabei, mir etwas über einen Kellnerjob in New York zu erzählen. »Und nach der Arbeit zur Christopher Street, auf ein Bier ins Ramrod«, sagte er und klang dabei wie Don Knotts in *The Ghost and Mr. Chicken*, nur mit derbem Dialekt. »Kennen Sie das Ramrod? Sie sind doch Amerikaner. Und sehen aus wie ein New Yorker.«

Ist der Typ aus einer Zeitkapsel gestiegen, die sie unter der Paradise Garage ausgegraben haben, versiegelt mit einem Siebziger-Jahre-Smiley?

Ich kannte das Ramrod. Ich wohnte mal in der Grove Street, einen Block weiter. Wenn man aus der Subway-Station am Sheridan Square kam, war Seventh Avenue vollgestopft mit Demonstranten, die den Dreh von *Cruising* mit Al Pacino störten. Stonewall war den Leuten noch frisch in Erinnerung.

Damals war ich mit einer Off-Broadway-Schauspielerin befreundet, die behauptete, ihr Spiel werde von der Stimme einer semitischen Dämonin namens Lilith gesteuert, der ersten Frau überhaupt. Lilith wurde aus demselben Lehm geformt wie Adam. Sie sollte seine Gefährtin und Gehilfin sein, ihm untertan, doch nicht mit Lilith: *Scheiß auf dich und deinen Daddy! Wie komm ich dazu, einem Spacko zu helfen, der nicht mal meinen G-Punkt findet? Nehmt halt eine deiner Rippen und bastelt euch ein Flittchen, das blöd genug ist, dir deine Äpfel zu pflücken!* Und weg war sie. Darum ist sie eine Dämonin. Der erste »Badd Nigga« der Geschichte.

Die Performances meiner Freundin waren dynamisch, konnten einem aber auch Angst einjagen. Sie war eine von denen, die sich mit Lehm und Blut beschmieren und dann mit einer Machete herumfuchteln. Doch unter der Oberfläche ihrer Gedanken hörte man die heiteren Flöten einer Looney-Tunes-Folge.

Jedenfalls, sie vögelte Al Pacino zwischen den Szenen in seinem Wohnwagen, damit der nicht den Verstand verlor, wenn er danach wieder einen Bullenhengst in Schwierigkeiten und campy Lederklamotten spielen musste, dem eine gelbe Rotzfahne aus der hinteren Hosentasche hing.

Ausreichend Stoff für exklusive Enthüllungen, aber dafür war sie nicht zu haben. Dafür fing sie nach der Affäre mit Pacino an, in Lederboy-Drag an den Docks rumzuhängen. Hinterher kam sie immer zu mir, mit blauen Augen, verprügelt und zerschrammt, übel stinkend, und bettelte um Essen und Drogen. Erst später wurde mir klar, dass sie der Prototyp in einer ganzen Reihe soziopathischer Freundinnen war, die nach ihr kamen.

Das Ramrod lag am West Side Highway, gegenüber

vom Pier am Hudson River. Das Gebäude sah aus, als sei es in den Fünfzigern ein Fastfood-Drive-In gewesen, ein Treffpunkt für Fernfahrer, und zumindest daran hatte sich scheinbar nicht viel geändert. Davor und daneben war alles vollgeparkt mit Motorrädern, die ausnahmslos individuell aufgemotzt waren und aussahen wie die Boudoirs von Edelnutten: pinkfarbene Polster, besetzt mit Glitzersteinen, neonfarbene Auspuffrohre. Vor dem Hauptquartier der Hells Angels in der East Third Street standen andere Maschinen.

Das Ramrod war ein bisschen wie das Klo, ein Charlottenburger Schwooflokal mit der Einrichtung einer Geisterbahn, nur ohne die widerlichen Heteros und den infantil analfixierten Humor. Es war nur infantil, ein Pissoir mit einer Bar in der Mitte. Buchstäblich. Am Tresen drängelten sich Tom-of-Finland-Lederkerle und zechten vom Frischgezapften, um dann, mit gefüllten Blasen, Ampullen zu knacken, eine narkotische Mischung aus Poppers, Desinfektionsmittel und stechender Pisse einzuatmen und sich mit wässrigem Mund zum Spiel und Spaß an den Porzellantrog zu trollen, der an der Wand angebracht war.

Die roten Schuhe oder
Schwarze Menschen vor der Erfindung von HipHop

Ich erzählte dem Kobold, ich sei Kanadier.

»Echt? Woher denn? Vancouver? Toronto? Montreal?«

»Saskatoon.« Saskatoon ist Kanadas Antwort auf die Weizenfelder von Kansas: flaches Land und weiter Himmel, sonst nichts.

»Ich bin aus Dublin«, sagte er. »Ich wusste nicht, dass es in Kanada Schwarze gibt.«

»Nachdem wir den Weißen ihre Baumwolle gepflückt hatten, mussten wir ja irgendwo hin, wir konnten schließlich schlecht nach Afrika zurück. Ergo: Unsere kleine Negerfarm! Den Witz kennt jeder in Saskatoon.«

Dabei war der auch erfunden, ich kann's noch nicht mal meinem schwulen kanadischen Freund Michael in die Schuhe schieben. Solche Eulenspiegeleien nennt man *Jeffin'*, und man treibt sie mit bornierten Weißen, solchen Schleimscheißern wie dem Kobold mir gegenüber. Willie Best als Sleep 'n' Eat war ein Meister darin.

Aus New York bin ich aber eigentlich auch nicht, sondern aus Connecticut, dem Heimatstaat der heutzutage weitgehend ignorierten Verfassung. Auch eine Gegend, die von Schwarzen bewohnt wird, der aufmüpfigen Sorte mit Crackpfeifen und Knarren.

»In Irland muss es auch Schwarze geben«, erklärte ich ihm. »Irgendwoher muss Sammy Davis Jr. sein Stepptanztalent gehabt haben. Cromwells europäische Nigger beim Holzschuhtanz auf Jamaika. Es gibt überall Schwarze. Ich hab mal eine schwarze Tschechin getroffen, sprach kein Wort Englisch, nur Tschechisch und Russisch. Sie hat mir Theresienstadt gezeigt. Außerdem war mein Großvater Ire.«

»Nicht dein Ernst!«

»Doch. Allerdings ein weißer. Hat sich überlegt, was mach ich, nicht genug Kartoffeln in Irland, also ab nach Saskatoon, eine schwarze Frau geheiratet und eine Farm gekauft. Ich bin aufgewachsen wie Dorothy, bevor sie sich nach Oz aus dem Staub machte und diese roten Schuhe fand.«

»Sie sind – ein schwarzes kanadisches Landei? Ich glaub's nicht!«

»Warum nicht? Noch nie Negro Spirituals gehört? Die auf dem Feld gesungen wurden? Die Lieder hatten versteckte Bedeutungen – zum Teufel mit dem weißen Mann, weg mit der Hacke und dann ab nach Kanada, immer dem Stern nach. Zum Beispiel ›Go Down Moses, Let My People Go‹: ›Harriet Tubman, schwing deinen schwarzen Arsch runter nach Alabama, damit diese Nigga in Kanada Eiszapfen pflücken können.‹ Ich hab's von einer Großmutter.«

Topographie einer Phantomlandschaft

In der Jukebox wurde Heino von Tito Puente abgelöst. Das liebe ich an den Berlinern: Selbst sie wissen, dass man sich ohne puertoricanische Musik nicht anständig betrinken kann. Fragt sich nur, ob Puertoricaner Schlager hören.

»Was hat Sie nach Berlin verschlagen?«, fragte ich den Kobold. »Apfelrotkohl mit der Familie?«

»Um Gottes Willen! Was zum Teufel ist Apfelrotkohl?«

»Der Deutschen liebstes Weihnachtsessen. Mit Gänsebraten und Kartoffeln.«

Mein Mitbewohner in der Grove Street war oft im Ramrod. Ich hab diese Sachen, ehrlich gesagt, nie kapiert. Bondage, Gummi und Metallbolzen in pulsierenden Körperöffnungen, das schon. Aber sich in dampfender Pisse zu suhlen? Er dagegen schwor darauf. Er war ganz heiß auf die Lederfreaks in Löchern wie dem Ramrod oder der Toilet. Von ihm hab ich die Geschichten, er hat sie mir erzählt, morgens, beim Frühstück. In allen Details.

Im West Village sah man diese Typen überall. Wenn sie sich um vier Uhr morgens in Smiler's Deli an der Kasse drängelten, konnte man sie auch riechen: Judy Garlands mit Six Packs unterm Arm und traurigen Schleifen im Haar.

Doch diese Christopher Street existiert nicht mehr, sie ist, wie das ganze New York jener Zeit, Geschichte. Die Straßen von Stonewall und von Marsha Wallace, von *Cruising* und dem Ramrod sind verschwunden, so wie der Times Square mit seinen Peepshows, Nutten und Kleinganoven. Als könnten ein Fernseher und ein DVD-Player die Grandezza von Vanessa Del Rio auf der Leinwand eines Grindhouse-Kinos an der 42nd Street ersetzen.

Das New York, das ich kannte, war eine transkulturelle Promenadenmischung der Klassen, Rassen, Religionen, Geschlechter und Generationen. Ein offener Raum der Möglichkeiten, der ausgelöscht wurde. Habgier hat das Herz Manhattans in eine Simulation seiner selbst verwandelt, in eine Phantomstadt, nachgebildet auf Broadway-Bühnen: ein Theater des Einerlei.

Es ging nicht mehr darum, die Schichten und schrägen Winkel im wuchernden urbanen Dickicht zu ergründen, der Flaneur auf seinen Entdeckungstouren durch die Seelenlandschaften der Stadt war heimatlos geworden, die fremden Welten waren ihm abhanden gekommen. Solche Welten, Gefilde mit einer Seele, sie existieren nicht mehr, jedenfalls nicht in Manhattan. Nur ihre Geister. Geister in der Landschaft, ins Gedächtnis gebrannt. Deshalb habe ich Amerika verlassen. Mein Haus war verwunschen. Geld zerfloss in meinem Mund.

Das Seltsame ist, dass ich hier, in Berlin, selbst zu einem Geist geworden bin ...

Aus dem Amerikanischen von Karsten Kredel
Illustrationen von Destiny McKeever

Anton Waldt ❋ Das letzte Türchen

Als Tom um die Ecke jeanst, liegt ein Hauch von Nasenbluten in der Luft. Kranke Frontstadt der Möglichkeitsgesellschaft: Captain Subtext verbreitet seinen Angst-Sermon, graugesichtige Knalltüten verlieren die Contenance, sabberndes Lumpenpack bettelt um Zuneigung. Hocken da auf ihren dicken Hintern in der Fressecke des Erlebnisdiscounters und kauen Rotze vom Selbstbedienungs-Buffet. Tom atmet durch. Die trockene Frostluft beißt im Hals, Tom würgt, besser mal ganz flott die Kurve kriegen. Zu Hause dreht Tom am Thermostat und macht es sich bequem. Tom setzt sich in Unterhose und Schlabbershirt an den Küchentisch, Tom futtert eine Plockwurststulle und nuckelt Bier. Die Zeitung verkündet: *Arbeitslose werden immer frecher!* Tom bemerkt, dass seine Küche verdammt dreckig ist, und die tote Pflanze im kaputten Topf könnte man auch mal wegschmeißen. Die Zeitung meldet: *Jedes fünfte Kind ist psychisch auffällig!* Tom sinniert und beobachtet, wie sein Käferkumpel gemächlich von der Spüle zum Altglashaufen zuckelt. Kein Respekt für das obere Ende der Nahrungskette! Tom pömpelt Krustenreste von der linken Nasenaußenwand und versucht gleichzeitig an einer Kippe rumzuschmöken. Die Zeitung verspricht: *Weihnachten mit den Panzergrenadieren von Kandahar!* Tom greift sich in den Schritt, das beruhigt. Die Panzergrenadiere dekorieren ihre Haubitzen mit Staub und backen Mohnstollen, Tom onaniert abwesend. Mohnstollen könnte man auch mal wieder futtern. Tom bekommt schwitzige Füße, er konzentriert sich jetzt auf seine Lieblingsphantasie mit der

Priesterkluft, alles klar, keine Sache, Tom steigert routiniert das Tempo und kommt ohne große Erregung. Toms Sperma beschreibt eine elegante Bogenbahn, funkelt vor dem Altglas und platscht in den kaputten Topf mit der toten Pflanze. Tom der Penisakrobat, das sollen die blöden Panzergrenadiere erst mal nachmachen! Tom nestelt noch an den Tempos, als die tote Pflanze im kaputten Topf frappierend schnell eine erstaunlich hässliche, kolossal übelriechende Blüte treibt: »Ich bin dein missratenes Blumenkind, und wenn du mich schon nicht liebst, dann gib wenigstens Schnaps!« Tom glotzt saublöd. »Glotz nicht saublöd, schütt Schnaps in den Topf, aber nichts vom Fusel für die Gäste, ich will den guten Stoff, schließlich bin ich trotz allem immer noch dein Blumenkind.« Tom versucht das Problem auf dem Klo auszusitzen, aber das Blumenkind in der Küche nörgelt unüberhörbar weiter. Als Tom keine Anstalten macht, geht es zum Singen über: *Es kommt der Tag, da wird die Säge sägen!* nach der Melodie von Robbie Williams' »Let Me Entertain You«. Tom beschließt, den Tatsachen ins Auge zu sehen, und wackelt zurück in die Küche: Das – sein – Blumenkind ist zweifelsfrei immer noch da. Seine knitterigen Blütenblätter spielen von einem gedeckten Lila ins Matschige und hängen schlapp auf Halbmast. Sein kümmerlicher Stengel erinnert Tom an eine halbgerauchte Kippe, die hektisch in einem dreiviertel ausgelöffelten Zweieinhalbminutenei ausgedrückt wurde. Das Blumenkind reckt sich in Toms Richtung, und verströmt erwartungsfroh Patchouli-Tran mit einer Schimmel-Spaghetti-Note. Tom überkommt doch glatt eine Ahnung der Biosentimentalität, von der er schon so viel gehört hat. Tom traut sich noch näher heran. »Will mein' Schnaps!«, kräht das Blumenkind, Tom gibt sich Mühe, den Brechreiz zu unterdrücken, und kippt ein bisschen Bier in den kaputten Topf. »Old-Skol!«, brabbelt das Blumenkind und macht ein Bäuerchen. Herzig! Tom akzeptiert seine Vaterschaft mit allen Konsequenzen, und auch Käferkumpel gewöhnt sich an den neuen Mitbewohner. Tom teilt sein Bier mit dem Blumenkind, Tom düngt mit Kekskrümeln, Tom steckt bunte Leuchtlutscher in den Topf. Ein paar Tage ist das Blumenkind selig, dann werden die Ansprüche gediegener: »Du Scheiße auf Beinen hast Mama vertrocknen lassen, jetzt musst du mir einen Adventskalender basteln!« Tom bastelt einen Kalender mit allem Pipapo, Tom backt Plätzchen, Tom kauft sogar eine CD, auf der Mausibautzi & Blubsibär Kinderlieder für den überkonfessionellen Dezember zum Besten geben – getauft ist das Blumenkind jedenfalls mal nicht. Und gegen das unheilvolle Gesinge von der Säge, die bald sägen wird, sind Mausibautzi & Blubsibär sogar richtiggehend erholsam. Tom hat eine fast entspannte Zeit, aber vier Tage vor Weihnachten stellt das Blumenkind die Lage klar: »Jetzt schmück meine tote Mama mit ordentlich Kitsch-Kram!« Tom glotzt saublöd. Was zu weit geht, geht zu weit: »Mein liebes, missratenes Blumenkind! Voll deep und Volldepp sind aber schon zwei Paar Schuhe! Wozu hab ich mich denn jahrelang abgerackert mit deinem Bierdurst und dem Blubsibär-Gedöns? Bestimmt nicht, um dich mit Lametta vollzuhängen und ranzige Weihnachtslieder zu grölen.« Das Blumenkind weint drei Nächte am Stück, dann dekoriert Tom die tote Pflanze im kaputten Topf mit Minidiscokugeln und rührt einen extragroßen Eimer Kirsch-Sahne-Rum-Punsch an, um die Mütchen zu kühlen. Als Tom zwischen den Jahren aufwacht, brummt sein Schädel, aber wenigstens wahnt das Blumenkind noch tief im Punschrausch und hält den Rand. Dafür stinkt es jetzt noch übler, verbranntes Fleisch mit Lakritz-Nuancen. Tom überwindet den Ekel und schaut sich sein Blumenkind genauer an. Tom stellt fest, wie abgrundtief hässlich sein Blumenkind ist. Tom ist gerührt und muss ein bisschen weinen. Aber: Nur die Jungen sterben jung, und deshalb gallert Tom den kaputten Topf aus dem Fenster und checkt endlich mal wieder in die Disco.

Jochen Schmidt ✳ **Tocotronic haben jetzt einen vierten Mann, und die Wahl ist mal wieder nicht auf mich gefallen, obwohl ich alle ihre Lieder auswendig kann und sogar noch die von Udo Lindenberg**

Zu Weihnachten muss Dirk von Lowtzow immer nach Offenburg zu seinen Eltern fahren, die wenig von ihm wissen, seit er von zu Hause ausgezogen ist. Sie haben zwar versucht, seine Platten zu hören, um zu verstehen, was die Pubertät aus ihrem Sohn gemacht hat, aber keinen Gefallen daran gefunden. Beim Essen herrscht peinliche Stille, bis Dirks Mutter mit einer Frage das Eis bricht: »Sag mal, Dirk, musizierst du eigentlich noch?«

»Mutti! Was denkst du denn? Ich hab dir sogar meine letzte Platte mitgebracht. Sie ist im Juli erschienen und heißt *Kapitulation*.«

»Fein, die kann ich ja dann der Oma schenken, wenn wir sie morgen besuchen. Oder meinst du, das ist nichts für die?«

»Ich weiß nicht, Mutti. »

»Kannst du deinen Freunden nicht mal sagen, sie sollen nicht immer solchen Krach machen mit ihren Instrumenten? Man hört deine Stimme manchmal gar nicht richtig. Ihr müsst doch auch ein bisschen an die Leute denken, die sich das anhören sollen.«

Dirk von Lowtzow ist immer nervös, wenn er seine Eltern zu Weihnachten besucht. Er denkt an seine Bandmitglieder, die jetzt das gleiche erleben. Wenn seine

Eltern wenigstens Nazis wären, dann fiele es ihm leichter, sich von ihnen zu distanzieren. Aber es würde sie wahrscheinlich nicht mal stören, wenn er schwul wäre. Im Gegenteil, seine Mutter würde ihn nur noch mehr lieben. Jetzt stellt sie ihm eine Frage, die ihr schon lange auf der Seele brennt: »Dirk, warum lasst ihr eigentlich nur Jungs in eurer Band mitspielen? Oder findet ihr keine Mädchen, die Lust haben? Soll ich die Heike mal fragen, das ist die Tochter von meiner Fußpflegerin, die singt im Kirchenchor.«

»Mutti, wir sind schon vollzählig. Mehr als vier geht nicht.«

»Aber die Heike würde sich richtig freuen, bei euch mitzumachen. Die muss doch mal ein bisschen aus sich rauskommen. Vielleicht gefällt sie dir ja auch, an sich ist das ein richtig nettes Mädchen.«

»Mutti, ich hab doch eine Freundin.«

»Davon weiß ich ja gar nichts. Wo kommt die denn her?«

»Aus Rostock.«

»Und die gefällt dir besser als unsere Heike?«

»Ich kenn eure Heike doch gar nicht.«

»Na, dann trefft euch eben mal! Du kannst sie ja zu uns einladen, das macht mir gar nichts aus. Und Papa auch nicht, nicht wahr, Papa?«

»Was? Ich hab nicht hingehört.«

»Siehst du, Papa freut sich genauso ...«

»Mutti, aber ich wohn doch in Berlin, was soll ich denn mit einer Freundin in Offenburg.«

»Siehst du, das ist das andere, was ich mit dir besprechen wollte. Hast du dich jetzt nicht lange genug herumgetrieben? So langsam müsstest du doch mal sesshaft werden. Der Papa kann dir sofort eine Stelle in seiner Firma besorgen, du kannst jederzeit bei ihm einsteigen, nicht Papa?«

»Was? Ich hab nicht hingehört.«

»Siehst du, der Papa macht das für dich. Enttäusch ihn nicht. Soll ich die Heike gleich anrufen?«

»Mutti, ich bin doch gar nicht in die verliebt!«

»Ach was, verliebt! Wenn du dich in eine aus dem Osten verliebst, kannst du dich auch in die Heike verlieben. Oder willst du das arme Ding kränken? Die hat es schon schwer genug mit ihrer Brille und dem spastischen Arm. Und jetzt kommst auch noch du! Ihr müsst mal lernen, nicht immer nur an euch zu denken, sondern auch an eure Mitmenschen, schließlich sollen die eure Platten kaufen. Bei der letzten waren wieder so viele unanständige Wörter mit drauf, die kann ich meinen Freundinnen gar nicht schenken. Sagt denn dein Chef da gar nichts?«

Nach dem Essen zieht sich Dirk von Lowtzow immer in sein altes Kinderzimmer zurück. Er nimmt die Gitarre von der Wand, auf der er spielen gelernt hat, und schreibt einen neuen Song: *Unsere Eltern haben keine Sensibilität / Für einen Lebensstil, der diese Republik schon seit so vielen Jahren / überaus erfolgreich unumkehrbar prägt / Der Rock'n'Roll hat ihre Seelen nie erreicht / Sie fragen sich, wer ihre Schulden später vielleicht doch noch mal / voraussichtlich sehr widerwillig, aber schließlich möglichst vollständig begleicht.*

Katja Huber ✣ Fisch oder Freund?

> Every sailor, salmon, every carp
> will follow rivers to the source
> *Final Fantasy, »If I Were a Carp«*

Sonntag, 23. Dezember, 14 Uhr. Weine nicht! sagt sich Weber. *Everything's gonna be cool this christmas!* singen die Eels seit fünf Stunden durch die gesamte Wohnung, und weniger als fünf Stunden sind es bis Freunde-Weihnacht, aber die coolste Weihnachtsaktion hat Weber bereits gestern Vormittag gebracht.

24 Stunden nach der uncoolsten Weihnachtsaktion seiner zwei besten Freundinnen:

»Herr Weber, wenn du uns wirklich lieb hast, dann entwickle dich gefälligst weiter! Richtig wachsen kann man nur an neuen Aufgaben, wirklich!«

»Herr Weber, du bist unser Mann, aber deine Musik wiederholt sich!«

Natürlich war er erst mal tief getroffen, als Frau Mora und Frau Scholz ihm vorgestern eröffnet hatten, dass er diesmal nicht für die Musik, sondern fürs Essen zuständig sei. Natürlich hat er sich gefragt, was er jetzt mit dem fast schon fertiggestellten X-Mas-2007-Sampler – Arbeitstitel: »Seven years of panic, seven years of joy« – macht. Aber natürlich hat sich in seinem Thalamus auch für den Bruchteil einer Sekunde die Familienweihnachtsfratze gezeigt. Die ihm seine Mutter von Jahr zu Jahr mit einem Quäntchen mehr Verbitterungsmimik präsentiert. Du-hast-keine-Weihnachtsliedertexte-kopiert-Blicke und Seit-wann-findet-die Bescherung-nach-dem-Essen-statt-Blicke, die er von Jahr zu Jahr erfolgreicher ignoriert. Wieso sollte also ausgerechnet er, der Wertewandler, dieses Jahr vor seinen Freundinnen die Mutter geben?

Die coolste Weihnachtsaktion: Lebendtransport des Weihnachtsmahls vom Viktualienmarkt zur Wohnung. Auf dem Rad. Im transparenten DJ-Koffer. Am helllichten Tag.

Dem Mann hinter der Fischtheke erklärt, dass diese Art von Aquarium am besten über eBay zu beziehen sei.

Den Weihnachtssonnenbrillen vor der Coffee-Company am Gärtnerplatz klar gemacht, dass *Karpfen to go* das neue Ding ist.

Im Beisein der traurigen Tanja, die, wie immer, wenn sie in seiner Nähe auftaucht, aus dem Nichts aufgetaucht ist, laut darüber nachgedacht, ob Fischmob und Fischerspooner auch als DJ-Namen geschützt sind. »Hallo, das war ein Wi-itz!« gesagt, Tanja beim Nichtlachen zugesehen. (Aber die wird ja auch von Tag zu Tag trauriger und wahrscheinlich auch tiefsinniger, und an den Humor von Frau Mora, Frau Scholz und ihm ist sie selbst in für Tanjas Verhältnisse lustigen Zeiten nie herangekommen, deshalb hat er ja auch letztes Jahr gerade noch rechtzeitig vor Freunde-Weihnacht mit ihr Schluss gemacht.) »Wahnsinn, ein Jahr ist das schon wieder her?« gesagt. Ein trauriges »Sind das eigentlich Spiegelkarpfen?« mit »Ja, ja, Spiegelkarpfen – ich muss dann mal!« beantwortet und der traurigen Tanja ein lustiges Fest gewünscht.

Losgeradelt, von hinten ein sehr leises »Ich lieb' dich immer noch!« gehört, gegen seinen Willen und für-was-eigentlich? eine Vollbremsung gemacht, die Karpfen ganz schön ins Schwanken gebracht, »Wie bitte?« gefragt. »Das war auch ein Wi-itz!« gehört, nicht gelacht, noch mal losgeradelt, diesmal ohne »lustiges Fest!«

»Karpfe diem!«, ruft er jetzt durch den Duschvorhang den vier Fischen zu, die seit gestern in seiner Badewanne schwimmen. Und überlegt, wie er sie heute Abend präsentieren wird. Zum Aperitif wird auf jeden Fall die Lebendtransportgeschichte serviert. Den Verkäufer wird er dabei etwas beeindruckter blicken, die Sonnenbrillen wird er etwas irritierter glitzern lassen, die traurige Tanja wird noch ein bisschen trauriger werden, denn schließlich war es ja nicht er allein, den sie mit ihrer Trauer genervt hat. Im Grunde haben ihn ja erst Frau Scholz und Frau Mora drauf gebracht, dass Tanja nicht zu ihm passt. Ihren Witz, den sowieso keiner lustig fände, wenn er ihn schon nicht für lustig gehalten hat, wird er verschweigen. Richtig heiter also wird seine Lebendtransportgeschichte sein. Außerdem hat er den Fische Namen gegeben. Mora heißt der mit dem größten Mund, Scholz der mit den längsten Barteln.

Weber zieht den Vorhang zur Seite, zeigt aufs Großmaul, verbeugt sich, imaginiert sich Frau Mora an den festlich gedeckten Weihnachtstisch und probiert »Gestatten, Mora, Frau-im-Spiegel-Karpfen«! Schon glaubt er, Frau Scholz kichern zu hören, sieht sich Frau Mora auf die Schenkel klopfen, aber ... nein, es ist still. Totenstill. Lautlos gleiten die vier Fische durchs Wasser, und wenn Weber den Blick richtig deutet, den ihm der kleine Blasse jetzt zuwirft, wird er gerade so tief verachtet, so leidenschaftlich gehasst und für so humorlos gehalten wie nie zuvor. Und das ausgerechnet von Milchner.

»Milchner, halt's Maul!«, schreit Weber. *Everything's gonna be cool this christmas!* schlängeln sich die Eels in seinen Gehörgang, er grinst die Karpfen an, flüstert »Tja, für *Aale* schon!«, aber selbst Weber, sein Mann-Im-Spiegel-Karpfen wendet sich in der Wanne von ihm ab, Mora und Scholz sind mit Maulen und Barteln beschäftigt, und Milchner schlägt nur müde mit der Schwanzflosse.

Schlag du nur, denkt Weber jetzt nur, denn mit Fischen redet man nicht, schon gar nicht mit Speisefischen, und Antworten erwartet man sowieso keine. Schlag du nur um dich, etwas anderes bleibt dir sowieso nicht übrig. Und eingeplant warst du auch nicht. Weber zieht den Duschvorhang wieder vor die Wanne, und merkt, dass er wütend ist. Weniger auf die kalten Bartel- Maul-, und Blässe-Wunder, weniger auf den Selbstverleugnungs-Weber in der Wanne als auf Frau Scholz, Frau Mora, ihren vermutlich völlig humorlosen Milchner-Anhang und sich selbst.

Kein Problem, Weber ist neuen Aufgaben gewachsen. Kochen ist auch nur Gefühlssache, wieso sollte er also schlechter auftischen als auflegen? Karpfen töten kann und will er sogar. Aber warum haben Frau Scholz und Frau Mora das alles beschlossen, ohne ihn vorher auch nur einmal nach seiner Meinung zu fragen? Sechs Jahre am Stück hat er für sie erfolgreich den Freunde-Weihnachts-DJ gemacht, nur damit sie ihm im siebten Jahr irgendeinen Doofi in die Wohnung setzen, der alles mit seinem Doofi-Musik-Geschmack okkupiert, wieso fällt ihm jetzt eigentlich nur noch »Doofi« ein? Dieser Milchner wird fertig gemacht heute Abend, zerstört wird der, aber dazu muss Weber verdammt geistreich sein. »Doofi« gilt da nicht. Also, was weiß er eigentlich von diesem Milchner?

»Wieso Milchner?«, hat Frau Scholz gestern Abend ins Telefon gekichert. Soviel sie wisse, heiße er Milo von Porsche, nein, *kicher, kicher, kicher,* so heiße er natürlich auch nicht, so nenne sie ihn nur, heimlich. Miloš heiße er, wie slawisch »mily«, also »lieb«. Und lieb oder zumindest niedlich sei er, wenn auch ein bisschen klein und ein bisschen sehr blass. Und ein bisschen sehr sehr reich. Glaubte Frau Scholz.

»Milosch legt superauthentisch auf, sieht superaristokratisch aus, und er liebt mich. Aber k1e sorge: Er ist nur m1 freund, an euch kommt er nicht ran!«, hat Frau Mora gestern Nacht als 150-Zeichen-SMS-Bulletin an Weber und Frau Scholz gesandt.

»Aber es ist doch Weihnachten, Freunde-Weihnacht!«, hätte Weber den beiden gerne in ihre von fremder Niedlichkeit mild geplätteten Gesichter geschrieen, und »drei Karpfen – das ist wie drei Spatzen, drei Musketicre, drei heilige Könige, drei Freunde«, hätte er gesagt, beinahe.

»Wie drei Freunde«, murmelt Weber jetzt, rafft den Duschvorhang zusammen, versenkt sein Gesicht in Plastik, das irgendwie nach Fisch riecht, hört die Eels singen:

As days go by the more we need friends / And the harder they are to find / If I could have a friend like you all my life / Well I guess I'd be doin' just fine – und wundert sich. Darüber, dass der Duschvorhang auch von außen nass ist. Dass ihn das alles so mitnimmt und was-eigentlich? Dass Milchner, ein müder, blasser Karpfenweibchen-Begatter, heute die Musikauswahl haben wird?

Das wird doch nicht so schlimm sein, alles.

Das ist doch nicht so schlimm, alles.

Schlimm ist etwas ganz anderes, Weber!

Trotzdem. Inzwischen riecht er nicht nur, er schmeckt, der Duschvorhang. Nach Salzfisch. Und es klingelt.

Weber wirft einen Blick in die Wanne. Die Karpfen reagieren nicht. Nicht auf seine Blicke, nicht auf – Schon wieder Klingeln. Auf dem Weg durchs Wohnzimmer erlöst er die Stereoanlage von der Endlosschleife und die Aale schleichen sich.

Er öffnet die Tür. Vor der steht Tanja, die traurige Tanja, die aber gar nicht traurig aussieht, wie sie da vor der Tür steht. Schmutzig sieht sie aus. Und rein lächelt sie. In seine Wohnung.

»Wo kommst du denn her?«, fragt Weber. »Aus dem Nichts?«, will er fragen, aber für wen eigentlich fragen, fragt er sich und mustert Tanja, die schmutzig ist.

Schmutzflecken hat sie im Gesicht, auf Hose, Pullover, Parka. Ihre Hände rot, erfroren rot, und so was von schmutzig sind die Fingernägel, dass es schon fast eklig wäre, wenn ... wenn nicht ...

»Sag ich nicht!«, sagt Tanja, und Weber muss erst mal überlegen, was er eigentlich gefragt hat.

»Auf jeden Fall habe ich ein Weihnachtsgeschenk für euch!«, sagt sie, zieht eine Plastikbox aus der Parkatasche und streckt sie ihm entgegen.

»Für uns?«, fragt Weber, und nimmt die Box.

»Nicht weinen!«, sagt Tanja und nimmt seine Hand.

»Ich weine nicht!«, sagt Weber. »Ich schwitze! Und du bist dreckig!« Zieht seine Hand aus ihrer.

»Lüg nicht!«, sagt Tanja, und betritt seine Wohnung. »Ooooooh!«, sagt sie, und am »Ooooooh!« kann er ganz eindeutig die Tanja ausmachen, die traurig ist.

»Was Ooooooh?«, fragt er, und Tanja deutet auf den festlich gedeckten Tisch. Flüstert »Gäste!«

»Nein!«, sagt Weber. »Oder doch!«, sagt er. »Aber erst viel später.«

»Mach es auf!«, sagt Tanja, und wirft ihren Drecksparka auf den Tisch. Glas klirrt auf Porzellan, aber Tanja stört das nicht. Ernst und schmutzig starrt sie auf die Box, und als Weber diese öffnet, lächelt sie rein. In die Box. Auf kleine Schnecken. Und große Würmer. »Weihnachtsgaben – selbst gesammelt und ausgegraben!«, sagt sie. Falls sie ihren Stolz spielt, spielt sie ihn gut.

»Auch ein Wi-itz?«, flüstert Weber, und »Was?«, fragt Tanja. Ihre Augen leuchten dabei. Nicht traurig, aber auch nicht nach Witz. »Darf ich?«, sagt sie auf dem Weg ins Badezimmer. Weber nimmt den Parka vom Tisch, stellt das Sektglas wieder auf, fegt kleine Erdklumpen von der Tischdecke, und jetzt braucht er nicht mal mehr die Eels, um sich einsam zu fühlen, hier im Wohnzimmer.

Bleibt nur die Flucht. Ins Badezimmer, in dem drei stille Karpfen geduldig einem vierten dabei zusehen, wie er sich streicheln lässt. Von Tanja.

»Der kleine Blasse bin ich!«, sagt sie.

»Bist du nicht!«, sagt Weber. »Das ist Milchner, ein aristokratischer Riesenarsch!«

»Wisst ihr, dass bald Weihnachten ist?«, flüstert Tanja den Karpfen zu, und falls die es bis jetzt nicht gewusst haben sollten, wissen sie es jetzt, da ist sich Weber plötzlich ganz sicher.

»Kann ich ihnen mein Geschenk jetzt schon geben? Wenn deine Gäste kommen, bin ich ja wieder weg, und morgen sind die Würmer längst vertrocknet ...«, sagt Tanja.

Morgen, denkt Weber, morgen sind die Karpfen längst ... Er legt die Box auf den Wannenrand.

»Wieviel Zeit bleibt uns noch?«, will Tanja von Weber wissen. Jetzt, da der endlich begriffen hat, dass sie nicht begreift, was er mit den Karpfen vorhat, begreift er nicht, was sie mit ihm vorhat. »Ein bisschen schon noch!«, sagt Weber.

»Genügend Zeit für ein schönes Adventserlebnis?«, fragt Tanja.

»Ein schönes Adventserlebnis?«, murmelt Weber. Keine coole Weihnachtsaktion, fällt ihm auf. »Genügend!«, sagt er.

»Dann drehen wir den Warmwasserhahn auf.« sagt sie.

»Dann drehen wir ihn auf«, wiederholt Weber, geht in die Knie und spürt, dass er bereit ist, alles zu wiederholen und alles zu machen, solange er hier in seinem Badezimmer sitzen darf, ohne sich dabei einsam zu fühlen. »Den Warmwasserhahn«, sagt er und ist selbst verwundert darüber, dass es aus seinem Mund kommt, als wisse er, was es zu bedeuten hat.

»Kalt genug, dass sich die Karpfen wohl fühlen, warm genug, dass auch du es aushältst.« sagt Tanja und dreht langsam den Kaltwasserhahn auf.

»Wir zusammen ...?«, fragt Weber.

»*Ihr*, nicht *wir*!«, sagt Tanja. »*Ihr* müsst euch die Wanne teilen. Das hättest du dir überlegen können, bevor du dir vier Fische zulegst, Weber, hör endlich zu weinen auf!«

»Ich weine nicht!«

»Du lügst!«

»Auf jeden Fall bin ich nicht traurig!«

»Wieso auch?«

»Und einsam schon gar nicht, weil ... wir jetzt doch zusammen in die Wanne steigen?«

»Du erwartest Gäste!«

»Nicht mehr.«

»Der Tisch ist schon gedeckt.«

»Ich habe vergessen, einzukaufen.«

»Lüg nicht!«

»Vielleicht hab ich einfach nur das Falsche eingekauft?«

»Lüg nicht!«

»Vielleicht habe ich ...«

»Hast du nicht!«

»... einfach nur ...«

»Vielleicht!«

Es klingelt, draußen am Ufer. Ein Handy. Sein Handy. Die Karpfen reagieren nicht. Weber auch nicht.

»Geh ran!« sagt Tanja.

»Ich kann nicht«, sagt Weber

»Ich aber!« sagt Tanja und beugt sich über den Wannenrand. Wieso ist es ihm nicht schon früher aufgefallen? Dass sie die längsten Arme hat, die er je an einer Frau gesehen hat. Ihr linker Arm ist so lang, dass er das Handy im Wohnzimmer erreichen kann. »Schschsch«, flüstert sie den Fischen zu, reicht Weber das Handy, taucht unter, und ihr Mund streift dabei eine Bauchflosse. Weber spürt, dass er eifersüchtig ist. Auf einen Fisch.

»Herr Weber!«, schreit Frau Scholz »Endlich gehst du ran. Kannst du mir mal erklären, wieso wir dich den ganzen Tag nicht erreicht haben?«

»Ich bin ein Karpfen«, sagt Weber.

»Genau um den geht's!«, sagt Frau Scholz nervös. Sie kichert.

»Du bist auch einer. Genauso wie Frau Mora«, sagt Weber. Wieso ist es ihm nicht schon früher aufgefallen, dass Tanja derart lange die Luft anhalten kann?

»Hör zu, Weber, das mit dem Karpfen wird heute nichts mehr!«

»Macht nichts!«, sagt Weber.

»Wie?«, schreit Frau Scholz.

»Ich bin ein Karpfen«, sagt Weber, das Handy fällt ins Wasser, und Tanja taucht auf. Sie lacht. Wieso ist es ihm nicht schon früher aufgefallen? Dass sie kein bisschen traurig ist. »Weihnachten, Weber!«, sagt sie und ihr Mund streift dabei seinen Bauch. »Lach nicht!«

Andreas Maier ✾ Weihnachten war immer schon da

Ich hatte, als ich heranwuchs, früh eine gewisse Empfänglichkeit für abgründige Dinge. Weihnachten gehörte nicht dazu. Weihnachten war nicht etwas, was man mit fünfzehn, sechzehn Jahren kennen lernte und für sich selbst eroberte, das zu etwas Eigenem werden konnte wie etwa die *Winterreise* (»Junge, hör doch nicht immer so depressive Musik!«) oder der *Zauberberg* (»Was liest du denn bloß immer so schwere Sachen?«).

Weihnachten war vielmehr schon immer da gewesen, vom ersten Lebensjahr an. Meine frühesten Erinnerungen an Weihnachten sind ganz allgemein, viele aus meiner Generation werden sie teilen. Hauptsächlich erinnere ich mich an das Licht, das silberne und goldene Licht bei gleichzeitiger Dunkelheit im restlichen Raum. Das hatte eine eigene Stimmung, die es sonst das Jahr über nicht gab und die ich später höchstens in orthodoxen Kirchen wiederfand. Dieses Licht bestimmte zum einen den Gottesdienst, in den ich immer mitgehen musste am Heiligen Abend, und zum anderen natürlich die Bescherungssequenz, die in ganz ähnlichem Licht vollzogen wurde (Kerzen, Lametta, Verdunkelung).

Die zweite prägende Erinnerung ist das Beschenktwerden. Dieses Beschenktwerden geschah völlig kasuistisch und ohne für mich (das Kind) erkennbaren Grund. Der Tag war ja gerade so besonders dadurch, dass da dieses Licht war und diese Geschenke, die widerglänzten in ihm, in der Dunkelheit des Raumes und der des restlichen Jahres, in dem es keine Geschenke gab (es sei denn am Geburtstag). Mit der Zeit verloren allerdings Weihnachten und die Geschenke ihre Außergewöhnlichkeit, und irgendwann begann das Kind, geschmäcklerisch zu werden. Das war nach der Zeit der Burgen und der Tankstellen mit Hochparterre-Garage. Man steht nicht mehr staunend vor seinen Geschenken, sondern man bewertet sie. Und weil zum Beschenktwerden dazugehört, dass man sich bitte schön freuen möge, aus reiner Höflichkeit, konnten hier erste Probleme entstehen. Ich merkte dem Schenker mit der Zeit immer mehr an, dass es für ihn gar nicht problemlos war, seiner alljährlichen Schenkungspflicht nachzukommen. Ich begann, ihn zu bemitleiden, und wünschte mir, all das fände so nicht statt.

An Weihnachten war zwar viel vom Herrn und dem Kind und der Krippe und den Hirten und dem Stern die Rede, alles fantastische und auch rührende Dinge für ein Kind (vor allem, weil man überall Krippen und Figuren, also Spielzeug sah), aber das war eine verhältnismäßig in sich geschlossene Geschichte, die zwar jedes Jahr einmal erzählt wurde, mich aber nicht näher an irgendeinen konkreten Glauben (an was auch immer) heranbrachte und mich auch nicht weiter von einem solchen Glauben entfernte. Die Menschen um mich herum waren in der Weihnachtszeit auch nicht mit einem Glaubensernst zugange, sondern alles erinnerte mehr an die Vorbereitung eines Volksfestes, das man dann allerdings seltsamerweise zu Hause und nur im Kreis der Familie verbrachte und nicht auf dem Markt in öffentlicher Gemeinschaft. Die Rituale mussten stimmen und erfüllt werden, aber es waren innerfamiliäre Rituale, verbunden mit einem gesamtwirtschaftlichen Aspekt (was natürlich zu meiner Zeit, ich wurde 1967 geboren, stärker im Vordergrund stand als noch zehn oder zwanzig Jahre zuvor). Dass auch Glauben für die meisten etwas mit Ritualen zu tun haben muss, ist mir heute zwar klar. Dennoch halte ich Weihnachten immer noch nicht wirklich in erster Linie für ein Fest des Glaubens.

Bis heute hat Weihnachten für mich keine Zeit, die ich an mir selbst erlebe. Ganz im Gegensatz zu den Tagen von Gründonnerstag bis Ostermontag, bei denen ich den historischen Zeitverlauf des letzten Abends, der Ergreifung, der Verurteilung, der Hinrichtung, der Auferstehung und alles Folgende geradezu zwanghaft in mente mitverfolge. An Ostern habe auch ich gewisse Rituale. Das allerwichtigste ist für mich der Karfreitagmorgen-Spaziergang. Den muss ich immer allein machen. Seit zwanzig Jahren. Der Ostersamstag fühlt sich stets seltsam an. Es ist ein Tag, der nur aus stehender Zeit besteht. Im Übrigen war Ostern ein ständiger Stein des Anstoßes für mich, vor allem in der Zeit, in der ich meinte, all obiges Religiöses sei bloß unklare Rede. Ostern, der Tod, die Auferstehung, das war etwas so schier Blödsinniges, außerhalb der Natur und ihren Gesetzen Stattfindendes, dass die Fiktionalität dieses Glaubens und seiner erzählten Elemente nirgends deutlicher wurde als beim Osterfest. Ostern war der Skandal dieser Religion, ihre dreisteste Behauptung, daher auch für mich der größte Stein des Anstoßes, und später habe ich ebenjene Religion, mit der ich aufgewachsen bin, fast folgerichtig von Ostern her begriffen und sehe heute in diesem Fest den höchsten und am meisten ausformulierten Ausdruck ihrer Glaubenswahrheit. Auf Weihnachten trifft das nicht zu.

Weihnachten hatte etwas mit Andacht und Spiritualität zu tun, das war schon spürbar. Ich will nicht darüber reden, ob das »Licht in der Winternacht« und solche Dinge eher etwas Heidnisches an sich haben, darüber können sich Philologen und andere Wissenschaftler streiten und auch darüber, ob Weihnachten für uns Germanen tatsächlich von jeher ein hauptsächlich christlich verankertes Fest gewesen ist. Aber diese weihnachtliche Spiritualität war für mich als dem Geschenkalter Entwachsenen sehr diffus und ist es für mich bis heute, denn der, der da geboren wurde, stirbt später bestialisch, und das weiß ich als Nachgeborener post festum auch schon von dem süßen Kindlein in der Krippe an Weihnachten. Weihnachten ohne Ostern ist ein Blödsinn. Ich denke bis heute angesichts jedes neugeborenen Menschen, dass er sterben wird, alles andere wäre ja Kitsch. Und so sehe ich in der Krippe, wenn überhaupt etwas, dann nicht ein »Kindlein«, sondern den Schmerzensmann und den Auferstandenen ante festum.

Weihnachten hatte also etwas diffus Andächtiges, aber nur wenig von einer konkreten Glaubenswirklichkeit an sich, so wie es in der Gesellschaft gefeiert wurde, die mich umgab. Es blieb mir fremd und eher eine bloße Stimmung.

In späteren Jahren war Weihnachten Familienroutine, ich hatte inzwischen folgendes Bild des Festes: Die Glaubensdimension schien mir vorgeschützt, so wie mir ohnehin der Glaube der meisten Menschen vorgeschützt vorkam. Ich sah Menschen Worte reden und begriff, dass diese leer waren. Schlimmer als jeder Jesus am Kreuz oder wichtiger als die Freude über die Geburt des Kindes war die Tatsache, wer an Weihnachten im Familienkreis anwesend war und wer nicht und ob er das Fest mittrug oder torpedierte. Weihnachten war das Fest der Sozialkontrolle. Für mich wurde das immer mehr zur Qual, bald blieb ich fern und hatte mich innerlich von all dem verabschiedet. Es war die Sache der anderen gewesen, nicht meine. Ich ließ sie allein feiern.

Ich war inzwischen fünfzehn, sechzehn Jahre alt. Dann kamen die Werke von Künstlern, später von Philosophen, Erlebnisse, die mich grundlegender prägten als je etwas, was ich in meiner Familie und unserer Gesellschaft hätte erleben können. Ich will es nur an einem Beispiel festmachen, den Liedern von Franz Schubert. Vieles an meiner Weltwahrnehmung wurde damals in Formen gegossen. Schuberts Frühlingslieder erfanden für mich die Natur ganz neu, bis heute hat jeder meiner Spaziergänge etwas mit ihnen zu tun. Die *Winterreise* bestimmte mein Verhältnis zu Schnee, Winter, Einsamkeit, Aufbruch, Verlorenheit. Mit jedem Werk entstand mehr von meiner Welt. Thomas Mann war ein Schock, die erste *Zauberberg*-Lektüre unvergleichbar wichtiger und prägender als jedes bis dato erlebte Weihnachtsfest. Weihnachten wurde nicht Teil meiner Welt, und wenn, dann höchstens nur, insofern in der Literatur davon erzählt wurde, übrigens meist ironisch gebrochen (zum Beispiel in den *Buddenbrooks*, aber da geht es ohnehin viel eher um das geschenkte Theatermodell als um Weihnachten selbst).

Ja, von Weihnachten wird in der Literatur viel erzählt. Es gibt unzählige Weihnachtsgeschichten, auf Ostern trifft das nicht zu. Und immer wieder handelt die Literatur davon, wie Weihnachten in der Familie verlief, wie die Stimmung war, die Atmosphäre, die Heimeligkeit – oder die Einsamkeit. Sentimentalische Dichtungen. Nirgendwo wurde Weihnachten neu erschlossen, neu aufgebrochen, neu erfunden und zu etwas Ureigenem, Unhintergehbarem gemacht. Weihnachten war auch in der Literatur schon immer da. Immer ein Fest der Rückschau, immer ein Fest der Erinnerung, immer ein Fest der gegenseitigen Versicherung, niemals ein Fest wie Ostern, nervös, angespannt, in die Zukunft weisend, wie eine Sehne, kurz bevor sie sich löst.

Heute denke ich, dass man Weihnachten als christlichem Fest seine Würde zurückgeben könnte, indem man ihm etwas weniger Wichtigkeit zukommen ließe. Wahren wir doch bitte an Weihnachten einem Heilsgeschehen gegenüber Distanz, zu dem wir das sonstige Jahr über auch Distanz wahren. Wir aber machen Weihnachten zu einem Familienfest und holen die gesamte Heilige Familie in unsere Familie hinein, und sie sind die angenehmsten Gäste bei Familienfeiern, weil sie sich nie zu Wort melden und keine Schwierigkeiten machen, im Gegensatz zu den anderen Versammelten, die allein durch die aufgeladene Erwartungshaltung (»schönster Tag im Jahr«) regelmäßig versagen. Ich muss das nicht schildern, jeder kennt diese typische Weihnachtsstimmung; die angestrebte Besinnlichkeit (man sollte wohl eher sagen: Heimeligkeit) stellt sich eigentlich nie ein, höchstens am zweiten Tag. Der erste Tag, der 24., ist dagegen für die meisten eine Dienstableistung ersten Grades. Alles soll ja stimmen an dem Tag, und dann stimmt meistens nichts.

Es gibt freilich noch einen anderen Weg. Die Heilige Familie ausladen oder vor die Tür setzen und die ganze Weihnachtsgeschichte durch eine irgendwie ähnlich klingende Geschichte ersetzen. Vor fünfhundert Jahren wurde in einer Hütte bei Oberweisel der kleine Hubertus geboren, der später zum ersten Kometen von Jasiba aufstieg, wodurch er das genetische Heil über die nächsten dreißig Generationen brachte. Dann müssten wir unsere Krippen nur ein bisschen umrüsten auf Spätmittelalter. Dann könnten wir den Weihnachtsbaum behalten und müssten das alles nicht mehr christlich nennen.

Da aber weder Weg eins noch Weg zwei gangbar ist und das auch niemand will, bleibt nur der dritte Weg: Weitermachen wie bisher. Jedes Jahr die gleiche Prozedur. Jedes Jahr immer wieder sagen, dass Weihnachten ein Problem ist, dass auch die immense Wichtigkeit des Festes ein Problem ist, und jedes Mal in diesem Problematisieren den Funken Wahrheit in dem Fest und die ziemlich blasse Erinnerung an die Heilswahrheit, die in ihm liegt, erinnern. Mehr gibt das Fest vielleicht nicht her. Aber dann hat es wenigstens auch seine sisyphotische Richtigkeit mit dem Fest: jedes Jahr fast hundertprozentig an Weihnachten scheitern. Aber jedes Mal auch nur: fast.

Almut Klotz ✻ Familie ist ein Musical

Ich glaube, angefangen hat es mit dem Krippenspiel, das mein ältester Bruder Jürgen mit dem Kinderchor in der Kirche aufführte. Da war ich noch ein Baby. Mama besorgte sich vom Kantor die Texte und die Musik, und dann wurde das am Heiligabend im Wohnzimmer nachgespielt. So ging das die ersten Jahre. Man wuchs da so hinein, erst war man Jesus oder ein Stalltier, dann kleinwüchsige Herbergsmutter beziehungsweise Herbergsvater, als Krönung dann Josef oder Maria. Die Erwachsenen (inklusive der unverheirateten Tante, des verwitweten Onkels und wechselnder einsamer Arbeitskollegen meiner Eltern) waren König Herodes, die Heiligen Drei Könige oder, wenn sie spontan kamen, Schafe und Kühe. Aber dann entdeckten meine Eltern ihre schlummernden Talente, und das weihnachtliche Schauspiel wurde von ihnen jährlich neu komponiert, getextet und besetzt. Ich erinnere mich, wie ich beim Einschlafen immer ihren Gesang und das Klavier hörte und selig wegdämmerte mit der Gewissheit, da wurde gerade was für Weihnachten gemacht. Jedes Jahr gab es eine neue Wendung, einmal war Jesus ein Mädchen, einmal waren die Heiligen Drei Könige Geheimagenten aus einem verfeindeten Land und so weiter. Es wurde viel geprobt vor Weihnachten, da musste auch mal der ein oder andere Schultag dran glauben, und Vater ließ sich krankschreiben. Wir wurden größer und das Krippenspiel wirrer, und irgendwann wurde es abgelöst von *Hair* und der Rockoper *Tommy*.

Der Familienrat tagt immer ab Juni, jeder stellt ein

Stück vor, und dann wird abgestimmt. Ich glaube, die *Rocky Horror Picture Show* gewann drei Mal in Folge, und ich war so glücklich, als ich endlich Riff Raff sein durfte. Wir Kinder waren längst aus dem Haus, außer Edda, die Jüngste, die ist nie ausgezogen. Aber das Weihnachtsschauspiel lief immer weiter. Alle haben inzwischen ihre soliden Berufe, aber im Inneren sind wir Gaukler, Schausteller und Musikanten.

Mutter telefoniert meist Anfang August, wenn das Stück entschieden ist und sie über der Rollenverteilung brütet, alle Mitglieder an und fragt, ob man alleine oder mit Begleitung kommt. Beziehungsweise fragt sie schon auch mal: »Ich weiß, mit dem Lars ist Schluss, aber magst du ihn nicht trotzdem mitbringen, der würde sich so gut für die Rolle des Abahachi eignen«, oder: »Sag mal, hast du nicht eine ältere, dicke Freundin, die gut singen kann und nicht weiß, was sie Weihnachten machen soll?« Dann bekommt man Cassetten geschickt, auf denen der eigene Gesangspart mit Klavierbegleitung zu hören ist, und eine Kopie des Textes. Damit übt man dann für sich. Am 23. Dezember ist Generalprobe. Es gibt immer ein paar Mitglieder, die aus beruflichen Gründen nicht proben können und einfach nur so kommen, die machen dann die technischen Sachen, Licht oder den MD-Player für Einspielungen bedienen, oder sie filmen das Ganze auf Video oder machen Fotos. Das wird von meinen Eltern ausgewertet und zusammengeschnitten, und man erhält dann im März, also eigentlich kurz bevor es losgeht mit Vorschlägen für die nächste Runde, eine Dokumentation – früher war es ein Fotoalbum, jetzt ist es eine DVD.

Es gab Zeiten, da hat mich dieser sture Ablauf zur

Verzweiflung gebracht. Zumal das auch am ersten und zweiten Weihnachtsfeiertag weitergeht, da wird einfach weitergespielt oder das Ganze wiederholt mit verschiedenen Variationen. Ein normales Gespräch gibt es nicht, höchstens mal, wenn man mit jemandem auf der Terrasse eine raucht. Aber so schnell kommt man auch gar nicht von seiner Rolle runter. Ich kann mich erinnern, dass ich einmal in großen Geldnöten war und meinen Vater anpumpen wollte. Das war auf normalem Wege nicht möglich. Erst als ich ihn mit meiner Polly-Melodie ansang und mein Problem in das Lied hineinimprovisierte, tänzelte er zu seiner Brieftasche und entnahm ihr 400 Mark, während er mir zu seinem Peachum-Gesangspart donnernd zu verstehen gab, dass das völlig okay sei und ich mir keine Sorgen machen müsse.

Mit dem Internet wurde die Vorbereitung viel einfacher, es gingen ab Juni immer unglaublich viele Mails hin und her, mein Vater richtete einen eCircle mit dem Namen »Familie ist ein Musical« ein. Vor ein paar Jahren haben wir *Das Fest* nachgespielt, diesen Dogma-Film von dem einen Dänen. Das war eigentlich super, weil man so viel am Tisch sitzen und essen und trinken konnte während des Stücks. Das kommt ja sonst immer zu kurz, es gibt schon lange kein Weihnachtsessen mehr, da stehen belegte Brötchen und vielleicht mal ein Salat in der hintersten Ecke, und man schlingt das runter, wenn man gerade nicht dran ist. Jedenfalls, das hat echt Spaß gemacht, wir trinken auch alle ganz gerne viel, und das passte ja auch zum Stück. Aber da habe ich Ärger mit meinem damaligen Freund bekommen, mit Markus, weil ich als Helene mit meinem Rollenmann Gbatokai in einem

Zimmer schlief. Dabei kenne ich Wolfi schon ewig, das ist so ein Hausfreund, der kommt oft zu Weihnachten und macht auch bei der Abstimmung mit, das ist quasi mein Bruder. Und natürlich bin ich nachts zu Markus gegangen, der war mit vielen anderen im Wohnzimmer einquartiert, und wir haben noch die Reste getrunken. Aber Markus wollte da immer mit mir über private Sachen reden, das war echt anstrengend, und er war sauer, als ich am nächsten Morgen wieder zu Gbatokai ins Zimmer bin, um mit ihm zum Frühstück zu gehen. Also, da hat er echt keinen Humor gehabt. Ich wollte aber mit ihm zusammenbleiben und bin dann zwei Weihnachten nicht mehr nach Hause gefahren. Das war auch mal schön, so ein gediegenes Drei-Pärchen-Besäufnis. Im ersten Jahr habe ich auch die ganzen Familienmails gar nicht gelesen. Im zweiten Jahr schon, da lief es mit Markus nicht mehr so gut, und da hat es mich doch sehr gejuckt, Mama zurückzuschreiben, dass ich die Clara im *Geisterhaus* nicht gelungen und völlig überinterpretiert finde (nur weil sie so ein großer Meryl-Streep-Fan ist!) und die Gesangsparts viel zu kompliziert sind. Ich habe ihr das extra nicht im eCircle geschrieben, sondern privat, weil ich ja nicht mitwirken wollte. Aber Markus hat das trotzdem gecheckt, und es gab einen Riesenkrach. Wir haben uns dann getrennt, nicht deswegen, es ging einfach nicht mehr weiter mit uns. Ich hätte also nach Hause fahren können, aber hab ich nicht gemacht. Ohne Rolle, nur als Ton oder Licht – nee, hatte ich keinen Bock zu. Da war ich dann bei Freunden zum Essen eingeladen, wo alle erzählt haben, warum sie nicht zu ihren Eltern fahren, und dann kreuzte irgendwann Markus auf und provozierte mich, es kam zur Eskalation, weil er auf den Teppich kotzte, und ich musste mich um ihn und die Kotze kümmern und die anderen beschwichtigen, obwohl wir doch schon geschiedene Leute waren.

Seitdem fahre ich wieder nach Hause und bin voll dabei. Sie haben mich auch alle ohne ein böses Wort wieder aufgenommen, als wäre da nichts gewesen. Das rechne ich ihnen hoch an.

Inzwischen ist die Hälfte der Sippe tot oder todkrank, Nachwuchs gibt es fast keinen, irgendwie wundert mich das nicht. Ich bin auch ganz froh, muss ich sagen. Kindern fehlt die Ausdauer, die steigen irgendwann einfach aus ihrer Rolle aus und quengeln nur noch rum.

Ich glaube, ich werde dieses Jahr *Im Land der letzten Dinge* von Paul Auster vorschlagen, deshalb habe ich es allen zum Geburtstag geschenkt. Ein toller Endzeitroman, wo die Leute sich nur noch gegenseitig ausplündern, Barrikaden bauen und dann Zoll verlangen, auf den Straßen Müll sammeln und daraus versuchen, Geld zu schlagen. Wichtigstes Arbeitsmittel für die Müllsammler sind Einkaufswagen, und das stelle ich mir irre vor, wie wir alle mit unseren Einkaufswagen durch das Wohnzimmer und die Küche düsen. Außerdem können viele Rollen im Sitzen oder Liegen gespielt werden, die meisten im Buch sind sowieso krank oder am Sterben, da gibt es keine staatlichen Krankenhäuser mehr und so. Auch die Spontanbesucher: kein Problem, Leichen und Bettler können wir massenhaft gebrauchen. Ich möchte Mama überreden, dass ich die musikalischen Sachen übernehme. Die Gute schafft das doch gar nicht mehr allein, jetzt, wo Papa nach seinem zweiten Schlaganfall halbseitig gelähmt ist. Ich freu mich schon auf die DVD.

Gregor Hens ❋ Miriam. Novelle

In der kleinen Stadt V. am Rande des Schwarzwalds wohnte ein Mädchen, von dem nichts anderes erwartet wurde, als dass es schon bald mithilfe seines Charmes und seiner Klugheit die Erwachsenenwelt erobern und in ein glückliches, mit allen Annehmlichkeiten ausgestattetes Leben starten würde. Miriam war die beste Schülerin ihrer Stufe – sie hatte sich besonders in Kunst und Religion hervorgetan – und galt unter den Volleyballerinnen der Region als Sonderbegabung. Ihr Vater, Besitzer eines grundsoliden mittelständischen Betriebs, der Feuerspritzen und Sprinklersysteme bis nach Chile und China lieferte, war einer der beliebtesten Bürger der Stadt. Ihre Mutter, deren grazilen Gang das Mädchen ebenso geerbt hatte wie das glatte schwarze Haar, das ihr tief in den schlanken Rücken fiel, besaß eine kleine Boutique, in der sie den besseren Damen des Ortes zweimal im Jahr die in Düsseldorf eingekauften Kollektionen vorführte.

Miriam hatte sich in ihrem Leben nur ein einziges Mal etwas zuschulden kommen lassen. Sie war als Vierzehnjährige mit ihrem zu Abenteuer und jugendlichem Leichtsinn neigenden Zwillingsbruder Paul auf einer Kellerparty gelandet, hatte dort auf einer Matratze halb liegend, halb sitzend mit einer Freundin eine Flasche ziemlich teuren Rotwein getrunken und dann, vom Alkohol enthemmt, ein paar winzige, in dem Schummerlicht kaum zu erkennende Körner eines weißen Pulvers geschnupft. Sie war schließlich, sie wusste nicht wie, ohne ihren Bruder auf einer weiteren Hausparty gelandet, wo sie sich bald halb entkleidet in einem Schlafzimmer und also in einer Situation wiederfand, auf die sie, trotz einiger schlüpfriger Träume, die sie in den vorangegangenen Jahren mehr durchlitten als genossen hatte, durch nichts vorbereitet war. Ein vielleicht achtzehnjähriger, auf jeden Fall splitternackter Mann stand über ihr auf dem Bett, in einer Haltung, als sei er gerade im Begriff, von einem Dreimeterbrett in eiskaltes Wasser springen, schwenkte sein angeschwollenes Skr… über ihrer entblößten …, warf den Kopf in den Nacken und jaulte »…!«

In den ersten Tagen und Wochen nach dieser Nacht ging Miriam zutiefst bedrückt und mit hängenden Schultern durch die kleine Stadt und lernte mit dem umzugehen, was man in früheren Jahrhunderten als Schande zu bezeichnen pflegte. Zum ersten Mal in ihrem Leben schrieb sie eine Lateinarbeit, die nicht mit sehr gut benotet wurde. Im Philosophieunterricht verwechselte sie Locke und Hume. Beim Abendessen stocherte sie in der Polenta und spielte mit dem Gedanken, nach Italien auszubüchsen. Doch bald erwachten von neuem ihre Lebensgeister – und sie erholte sich schnell. Denn nicht nur der jugendliche Körper, auch der unreife Geist ist unter den im Leben dieses Mädchens vorherrschenden, allerdings idealen Bedingungen, fähig, sich selbst, ohne äußere Hilfe, mit erstaunlicher Geschwindigkeit und Effizienz wieder herzustellen. Nach zwei Monaten reiste sie nach Konstanz und gewann mit ihrer Mannschaft den südbadischen Ligapokal. Und auf ihrem Halbjahrszeugnis, das sie wie immer achtlos auf ihrem Schreibtisch liegen ließ, bis es von der stolzen Mutter beim Aufräumen entdeckt und ins Wohnzimmer getragen wurde, waren keine Spuren der durch den Vorfall ausgelösten inneren Krise zu entdecken. Es war wie immer ohne Makel.

Im Herbst des Jahres 1984, Miriam war gerade siebzehn geworden, lernte sie im Foyer des Münchener Residenztheaters den Sohn eines deutschen Stararchitekten kennen und verliebte sich in ihn. Alexander war vier Jahre älter als sie, studierte bereits und hatte vierzigtausend Mark, die er einige Jahre vorher von einer Großmutter geerbt hatte, so klug in einen Kurierdienst investiert, dass er es bereits zu einer Art Wohlstand gebracht hatte, die es ihm erlaubte, Miriam, wann immer es ihm gerade einfiel, Päckchen, Blumen, Einladungen, kleine Aufmerksamkeiten aller Art, nach Hause oder in die Schule zu schicken. Diese bescheidene Umtriebigkeit beeindruckte nicht nur Miriam, sondern auch ihre Eltern, und so beschlossen sie, die Neigung ihrer Tochter und die Verbindung der beiden so weit es ihnen möglich war zu befördern. Sie erlaubten Miriam, an den Wochenenden in München zu übernachten, allerdings erst, nachdem die Mutter einen inneren, durch ihre streng katholische Erziehung bedingten Widerstand überwunden und das Mädchen zum Frauenarzt geschickt hatte – der ihr die Pille verschrieb, ihr zum Abschied wohlwollend in die Wange kniff und sagte: Kind, pass auf dich auf.

Die letzten Tage dieses ereignisreichen und glücklichen Jahres wollte das junge Paar mit einigen Freunden in einem von Alexanders Vater gebauten Chalet in der Nähe von Bozen zubringen, wo sie Ski fahren und ganz einfach das Leben genießen würden. Den Heiligabend und den ersten Weihnachtstag allerdings sollte Alexander, einem Wunsch von Miriam entsprechend, im Kreis ihrer Familie in V. verbringen.

Es war halb acht. Die Geschenke, mit denen sie einander beglückt hatten – ein teurer Seidenschal, ein Milchkännchen von Rosenthal, eine Brosche, Bücher und Gutscheine sowie viele weitere, mehr oder weniger schöne, mehr oder weniger nützliche Dinge – lagen im Wohnzimmer verstreut, auf dem Boden und auf dem niedrigen Tischchen vor dem Sofa. Paul, der sich in nur wenigen Jahren zu einem respektablen Jazzpianisten entwickelt hatte, saß auf einem schwarz lackierten Klavierhocker, an dem unverzeihlicherweise noch ein Preisschild baumelte, und spielte leicht synkopierte Weihnachtslieder, während Miriam, Alexander und die Eltern in einem Halbkreis hinter ihm standen, auf das Notenblatt schielten und mehr schlecht als recht versuchten mitzusingen.

Plötzlich stieg ihnen der angenehme, sehr würzige Geruch von brennenden Tannennadeln in die Nase. Alexander war der erste, der sich umwandte, um zu sehen, was es damit auf sich hatte. Schon stand der halbe Wohnzimmertisch in Flammen ... Feu ... Feuer! rief Alexander, der Adventskranz! Paul hörte mitten im Takt auf zu spielen. Sofort übernahm der Vater, der täglich mit Brandschutzangelegenheiten zu tun hatte, das Kommando, zog seinen Schwiegersohn *in spe* am Arm hinter sich her, riss die Tür zum Balkon auf und stammelte: Los ... das ... der muss raus, der muss ... hier ... raus! Schon trugen sie den Tisch mitsamt dem Kranz, der in Flammen stehenden Decke, den Obsttellern und kleineren, in Weihnachtspapier gebetteten Geschenken, an denen das Feuer züngelte, schoben ihn auf den Balkon und kippten ihn – sie befanden sich in der ersten Etage des Hauses – über das Geländer, dass er krachend und klirrend auf der darunter liegenden Terrasse landete.

Ein Haufen, wie Schutt oder Müll – prasselnd, rauchend, brennend in der Nacht. Angrenzend an die Terrasse befand sich ein Holzschuppen, in dem die Familie Gartengeräte und Fahrräder aufbewahrte. Alexander und der Vater stiegen hintereinander, stolpernd und schiebend wie Kinder auf einem Spielplatz, die enge eiserne Wendeltreppe hinab, die den Balkon mit der Terrasse verband, während Paul und die Mutter oben standen und nicht wussten, was zu tun sei.

Miriam war unterdessen zum Telefon gelaufen und hatte 112 gewählt. Alexander versuchte vergeblich, die Flammen auszutreten. Der Vater fuchtelte mit dem zur Hälfte aufgerollten Gartenschlauch, der, wie er erst später bemerkte, nicht angeschlossen war. Das Feuer griff um sich und drohte, außer Kontrolle zu geraten. Das an der Schuppenwand angebrachte Lattengitter eines Rosenstocks brannte bereits, ebenso wie die aufgesplitterte Tischplatte selbst. Der Schuppen drohte Feuer zu fangen. Alexander trat und trat und trat immer wieder ... bis die Mutter ihm einen Putzeimer Wasser reichte, den er in einer Weise gegen den Schuppen leerte, dass es nach allen Seiten spritzte.

Einige Minuten mögen diese Bemühungen angedauert haben, bevor die Situation endlich entschärft war. Tisch und weihnachtlicher Schmuck waren so weit verbrannt, dass sie dem Feuer an der Schuppenwand keine weitere Nahrung boten. Nur hier und da leckte noch zischelnd eine Flamme. Gerade als die Feuerwehrleute, sechs Männer im ganzen, mit ihren schweren Stiefeln und Monturen durch das Wohnzimmer auf den Balkon gelaufen waren und nach unten schauten, zerstoben unter Alexanders Tritten die letzten Funken. Trotzdem schloss sich eine zackige Prozedur an, zu deren Ablauf es gehörte, dass der Kommandierende immer wieder bestimmt, aber nicht übermäßig laut seine als Kürzestsätze formulierten Befehle – Sichern! Halten! – hervorstieß. Zwei Männer wurden zum vor dem Haus geparkten Löschfahrzeug geschickt und erschienen bald mit einer tragbaren Pumpe, die, da sich die Wendeltreppe als zu eng erwies, mithilfe eines Gurts vom Balkon herabgelassen werden musste, und legten – Pumpe ... auf! – über eine Fläche von mindestens dreißig Quadratmetern einen dicken weißen Schaumteppich. Es sah beinahe aus, als hätte es geschneit.

Während die Familie nun aufgeregt und diskutierend dastand und der Vater einige Papiere unterschrieb, die ihm der Kommandierende unter die Nase hielt, räumte die Mannschaft das Gerät zusammen, bat noch – Inspektion innen! – den kleinen, angerußten Schuppen untersuchen zu dürfen, so dass die Mutter umständlich nach dem Schlüssel des Vorhängeschlosses suchen musste, und machte Anstalten zum Aufbruch. Worauf die Mutter die heldenhaften Männer bat, doch bitte, weil es ja Heiligabend sei, noch auf eine kleine Erfrischung hereinzukommen. Paul und Miriam, die oben an der Treppe standen, runzelten über diesen Vorschlag die Stirn und sahen einander mit dem blitzschnellen Einverständnis an, das bekanntlich nur unter Zwillingsgeschwistern herrscht. Der Kommandierende erklärte höflich, dass sie an keinem Abend des Jahres so oft angefordert würden wie an diesem, weshalb sie sich unmöglich lange aufhalten könnten, ließ sich dann aber überreden, stehend im Wohnzimmer eine halbe Tasse Kaffee zu trinken. Die jungen Männer schoben die Helme zurück, steckten die schweren, feuerfesten Handschuhe unter die Achseln, tranken Apfelsaft mit Sprudel und ließen sich von Miriam Plätzchen reichen.

Plötzlich griff einer von ihnen, ein junger Mann mit einem ungepflegten Schnauzbart, tief hängenden Augenlidern und wunden, aufgesprungenen Lippen, Miriam fest am Handgelenk, zog sie zu sich und flüsterte ihr etwas ins Ohr. Worauf das Mädchen, ohne auch nur ein Wort zu sagen, knallrot wurde, dann jedoch, wie vom Schlag getroffen, jegliche Gesichtsfarbe verlor, wankte, den Weihnachtsteller, den sie in der linken Hand gehalten hatte, fallenließ und mit verdrehten Augen zu Füßen des Mannes niedersank.

Alexander stürmte herbei, fuchtelte panisch mit den Armen, fiel auf die Knie und legte sein geliebtes Mädchen auf den Rücken. Als er gerade mit der Mund-zu-Mund-Beatmung beginnen wollte, wurde er von einem weiteren Feuerwehrmann unsanft zur Seite geschoben. Nun erst wurde, mit relativer Ruhe und sicheren, fachmännischen Griffen, die Erste Hilfe eingeleitet, während der Kommandierende, nachdem er seine Kaffeetasse auf dem Klavier abgestellt hatte, per Funk einen Krankenwagen anforderte. Der Feuerwehrmann riss dem Mädchen das aus der Boutique der Mutter stammende Leinenhemd auf und stieß drei, vier Mal mit übereinander gelegten Handballen und durchgestreckten Ellenbogen kräftig auf ihre Brust, bis sie sich plötzlich aufbäumte, kurz japsend Luft holte und sich erbrach.

Miriam sollte sich von diesem Zusammenbruch niemals ganz erholen. Sie schlief, man hatte ihr eine kräftige Dosis Morphium verabreicht, fünfunddreißig Stunden lang. Ihre Mutter, die neben ihr gewacht hatte, musste versprechen, dass Alexander unter keinen Umständen in das Zimmer gelassen werde. Er kam ein paar Mal ins Krankenhaus, wurde aber immer abgewiesen. Auch seine Blumensträuße wollte das Mädchen, das er so sehr geliebt hatte und dem er tatsächlich beinahe alles zu verzeihen bereit war, nicht annehmen. Schließlich kam er nicht mehr.

Niemandem, nicht einmal ihrem Bruder, verriet Miriam, was der unansehnliche Feuerwehrmann ihr ins Ohr geflüstert hatte. Zwar hatte Paul an dem verhängnisvollen Heiligabend beobachtet, wie auf der Straße – der Trupp hatte die Gerätschaften, die Pumpe, die Werkzeuge und Äxte, bereits in den dafür vorgesehenen Fächern des Löschfahrzeugs verstaut – der Mann, nachdem er eine eindeutige, obszöne Bewegung mit den Hüften gemacht hatte, seinem Kollegen laut auflachend auf die Schulter geklopft hatte, doch konnte er sich keinen seine Schwester betreffenden Reim darauf machen.

Miriam wurde nach zwei Wochen mit einer unklaren Diagnose – der behandelnde Arzt murmelte etwas von Blutarmut und Immunschwäche – entlassen, begab sich zu einer sechswöchigen Kur nach Bad Reichenhall und kehrte von dort nicht mehr in die Schule zurück. Einige Monate arbeitete sie in der Verwaltung des väterlichen Betriebs, konnte sich aber in den Gang dieser Beschäftigung, seinen merkwürdig zähen Rhythmus, nicht einfinden. Als sie etwa zweiundzwanzig war, schnitt sie sich das lange schwarze Haar ab und zog zu einem Tänzer nach Frankfurt, von dem sie sich bald wieder trennte. Sie lebte, soviel ist noch bekannt, einige Jahre in sehr bescheidenen Verhältnissen in der Stadt E. bei Nürnberg, wo sie zweimal in den Verdacht der Brandstiftung geriet. Eine Turnhalle und ein Verteilerhäuschen waren in kurzer Folge in Flammen aufgegangen. Miriam war, zu einer Unzeit, in der Nähe gesehen und von einer Anwohnerin angezeigt worden. Man konnte ihr jedoch weder in dem einen noch in dem anderen Fall etwas nachweisen und ließ sie, nachdem man sich über ihre Herkunft am Rand des Schwarzwalds kundig gemacht hatte, schon bald wieder laufen.

Maike Wetzel ❋ Nördlich von Hollywood

Der Mann stand im Zimmer wie eine Palme im Schnee, eine Ladung Trotz und Banane, die Hände auf den hinteren Taschen, die ungewöhnlich guten Schuhe weit auseinander gestellt. Hingepflanzt, scheinbar unangreifbar stand er da, im Dreieck mit den beiden Frauen. Vor dem Fenster flackerte die Stadt. Es war elf Uhr nachts am Vorabend des vierundzwanzigsten Dezember. Auf den Gängen des Hotels war das Klirren und Flüstern verstummt, das Scharren der Füße, die chinesischen Stimmfetzen, das Gelächter. Der Mann murmelte, *Colin* ... seinen Namen. Er sah nicht schlecht aus. Sein Gebiss war ungebleicht, seine Nägel geschnitten, das Haar fiel ihm in die Stirn, jetzt am Abend glänzend vom Schmutz seiner Handflächen, die es ständig berührten. Er musterte die Einrichtung. Das Zimmer war für Riesen bemessen. Die beiden Doppelbetten waren genau so lang wie breit, auf jedem davon lag ein nachgiebiges Matratzenmeer. Die Abstände zwischen Kommoden, Ablagetischen, Fernsehapparat entsprachen dem Wendekreis von Rollstühlen. Sein Blick fiel auf die Beine der beiden Frauen, sie baumelten von einer der Bettkanten, sie berührten nicht den Boden. Die Kleinere klopfte auffordernd auf die Decke, er solle sich setzen. Der Mann hielt das noch nicht für angebracht, er öffnete die Tür zum Bad.

Er mischte das Wasser aus den beiden Hähnen auf Körpertemperatur, wusste dann aber nicht mehr damit anzufangen, als seine Fingerspitzen zu benetzen. Er schnalzte sich im Spiegel an. Die fensterlosen Wände warfen die Stimme mehrfach zurück, da war so viel Platz zwischen Waschbecken, Badewanne, Toilettenschüssel. Colin horchte dem Echo seines Schnalzens nach, zerdrückte mit dem Absatz ein Silberfischchen am Boden. War er für die beiden Frauen so etwas wie ein Geschenk? Ein Wagnis? Etwas, dessen Inhalt sie nicht kannten. Und sie für ihn? War ihre Begegnung mehr als ein Kneifen in den Arm mit der Absicht, ihn daran zu erinnern, dass er nicht träumte, dass er lebendig war? Er dachte an die kopflosen, rosa Vogelkörper zuhause in der Tiefkühltruhe. Ihn fröstelte. Er besaß nicht einmal eine Winterjacke. Bodenfrost und Schnee gab es selten in Los Angeles. Auch in diesem Dezember blühten tagsüber die Hyazinthen, flatterten die Kolibris, stand ihm der Schweiß auf der Stirn. Jetzt war es Nacht. Es galt, sie zu erleben. Er setzte sein bestes Grinsen auf und marschierte hinaus.

Er stand auf dem Teppich, er sank kaum ein. Hinter der Wand murmelten Stimmen, dann sang jemand, wurde jäh unterbrochen vom Knattern eines Maschinengewehrs. Die Zimmernachbarn wechselten die Programme, sie suchten nach Freunden auf verschiedenen Kanälen. Colin konnte sich diese Nachbarn vorstellen, er malte sie sich aus. Zwei ältere Männer in karierten Pyjamas, einer döste, hin und wieder ein halber Wimpernschlag, der andere wachte, sein Daumen drückte automatisch auf den Umschaltknopf. Sie waren dem Familienterror entflohen. Morgen würden sie nackt baden in einer der heißen Quellen in der Nähe der Wüste. Später würden sie in einem koreanischen Restaurant Fleischstücke auf dem in den Tisch eingelassenen Grill braten. Schwein, Rind, Huhn würden sie verspeisen, sich ein frohes Fest wünschen, sie stießen an mit Bier. Machte sie das alles glücklicher als ihn?

Colin war weder alt noch jung genug, um weiter Hoffnung auf Ruhm zu hegen. Er war nach Los Angeles gezogen wegen seiner Frau, die Friseurin war und hoffte, irgendwann auf einem Filmset zu arbeiten, den Schauspielern die Locken zu befestigen, Perücken zu striegeln, entdeckt zu werden. Er selbst hielt sich nicht für begabt. Dass er hier in diesem Zimmer stand, war der Beweis dafür. Es handelte sich um einen einmaligen Auftritt. Er würde den Frauen nicht weiter in Erinnerung bleiben. Die Einzige, die diese Begegnung berührt hätte, würde nichts davon erfahren. Der Kubus des Zimmers lag versteckt im größeren Würfel des Hotels am Rande eines Einkaufszentrums, vor dem Fenster der verlassene Parkplatz. Die Gitter vor den Schaufenstern waren heruntergelassen, die Neonschriften leuchteten auf, sie spielten Lichtakkorde, Tremoli aus Farben, daneben die Öde des Platzes, vereinzelte Einkaufswagen, andere waren zu Schlangen zusammengeschoben worden, silberne Käfige auf Rollen. Colin dachte an die Kellnerin in dem äthiopischen Lokal, in dem er sich jedes Mal mit der bloßen Hand Sauerteigfladen, gefüllt mit schwarzem Bohnenmus in den Mund stopfte. Ihr schmales, fein geschnittenes Gesicht, die riesigen Augen. Sie war schön. Immer, wenn er in dem Restaurant aß, sprach er mit seiner Frau über die Schönheit der Äthiopier. Mindestens einmal am Tag erwähnte er die Schönheit anderer. In der Stadt der Engel war Schönheit erforderlich, um auf bestimmten Plätzen sitzen zu dürfen, bestimmte Wagen zu fahren, um beim Betreten mancher Grundstücke nicht angeschossen zu werden. Schönheit war leicht zu bestimmen, folgte genau bemessenen Normen. Umfang, Länge, Oberflächenstruktur. *Wie viel Zeit sind Sie bereit für einen flachen Bauch zu investieren? Dreihundertfünfundsechzig Stunden im Fitnessstudio oder eine Mittagspause?* Er sah seinen nackten Körper im grellen Licht der Neonleuchte auf dem OP-Tisch liegen, die grün Vermummten umringten ihn. Er hörte das schlürfende Geräusch des Schlauches, durch den sich das klumpige Fettgewebe drängte. Ohne die nachgiebige Hülle würde er auferstehen. Er hatte dafür einen Kredit aufgenommen.

Die größere der beiden Frauen trug Punkte aus Filz an den Ohren. Das Staubige, das Flusige des Stoffes passte zu ihrem Bibliothekarinnengesicht, sie hatte die dünne Haut von Nachtarbeitern, Schatten unter den Augen. Es war ein verzagtes Gesicht mit einem doppelten Giebel aus Mittelscheitel und Augenbrauen, darunter ihre Schildkrötennase – zwei verstohlene Tunnelöffnungen unter der flachen Wölbung ihres Nasenrückens, ein schmallippiger, langgezogener Mund. Schwarzer Stoff bedeckte sie bis zum Hals, ihr Körper verschwand darin. Er betrachtete sie. Sie zog ihn an, das Artige, Ängstliche an ihr. Sich vorzustellen, sie zum Erröten zu bringen, das genügte. Sie hieß Valeska, sagte sie zumindest. Er hätte eher eine Melanie in ihr gesehen oder eine Helen. Egal. Er würde den Namen nicht benutzen. Die Freundin war winzig, nur ihre schwarzen Haare waren dick und lang, fast meinte man, ihr Kopf würde von dem Gewicht nach hinten gebeugt. Sie trug nichts Schmückendes, keine Spangen oder Bänder. Sie wirkte widerborstig hinter ihrer Niedlichkeit. *Sehr erfreut* – Josephine. In ihren Pässen, dort im Schrank, standen sicher andere Namen, es störte ihn nicht, darauf kam es nicht an. Valeska war die Ernste, Stille, Josephine das Drehaufweibchen. Sie spielten ein Stück für ihn, sie holten ihn auf die Bühne, Josephine klatschte, niemand hob den Vorhang. Er spürte eine Leere im Magen, vielleicht Hunger. *Wie lang seid ihr hier?*, fragte er sie. *Wann seid ihr in die Stadt gekommen? Hattet ihr schon viele Gäste?* Sie äußerten sich entrüstet, Augenklimpern. Sie räkelten sich auf dem Bett, der Stoff räusperte sich unter ihren Rücken, das Steppmuster der Tagesdecke glänzte. Colin stand noch immer. Die Klimaanlage blies ihm kalte Luft in den Nacken. Valeska bat ihn um einen Schal, sie deutete auf das Gepäck. Die Koffer waren aufgebahrt. Er dachte an die Augenbinde beim Blinde-Kuh-Spiel, an das Luftholen für die Kerzen auf der Geburtstagstorte, ans Wünschen, an vergessene Geheimnisse.

Valeska hatte ihn angesprochen heute Morgen, das Gerät zum Barcodelesen hatte sie interessiert, sie hatte wissen wollen, *was kommt da raus?* Er hatte die Maschine von einem Supermarkt bekommen, sie war defekt. Ihr hatte er erzählt, man könne die Preise manipulieren damit. Sie hatte geblinzelt, ihr leichter Silberblick hatte ihn verunsichert. Er hatte die Geschichte nicht fortgesetzt. Ihre Freundin – jetzt für ihn Josephine, dort: eine Fremde mit türkisfarbener Frotteejacke, Sonnenbrille, die Haare im Nacken zu einer Welle geschlungen – hatte sie weggezogen. Er hatte sie über den umzäunten Schulhof stromern gesehen, der Asphalt unter ihren Füßen war schattenlos gewesen, die Stände des Flohmarktes weit verteilt, dazwischen Wolken aus Staub. Dann war Josephine erneut aufgetaucht, sie hatte ihm einen Zettel auf die Hand gelegt, sie hatte seine Finger einzeln darüber gefaltet, wie bei einem umgekehrten Abzählreim oder so, wie Blüten sich schließen am Abend. Sie hatte die Adresse und auch die Uhrzeit notiert. Es war ein ausgemachter Spaß.

Kannte er den schon? Valeska sperrte ihm mit einem Streichholz den Mund auf, der Witz funktionierte nur in ihrer Sprache. *Die Hühner picken.* Er versuchte die Laute nachzusprechen, das Holz behinderte seine Zunge, er stieß verstümmelte Töne hervor, sie lachte. Josephine fragte, *was willst du wissen von uns?* Er wolle nur wissen, was ihm zugute kam. Das behaupteten sie. Ein kleines Scheingefecht, erst mit Worten, dann presste Valeska Josephines Handgelenke nach hinten aufs Bett, wieder Protestgegluckse. Der kleine Kühlschrank in der Ecke war leer, die Flasche in seiner Hand ebenfalls. Eine zweite hatten sie mitgebracht, im braunen Packpapier kostümiert. Den größten Teil des Alkohols hatten die Frauen getrunken. Sie fassten sich an den Händen. Colin war weit entfernt. Valeska hatte den Stempel vom Vormittag noch am Arm, ein Elefant in rosa Tinte, er berechtigte zum Flohmarktbesuch. Sie sprach plötzlich. *Es gibt keinen Superlativ von wahrhaftig sein.* Er entgegnete, dass sie zum Lieben etwas wissen müssten über ihn, er war entschlossen, das zu verhindern. Er saß im Sessel. In der Sonne gefielen sie ihm, Valeska etwas mehr, Josephine jedenfalls genug, um sie zu berühren. Sie erschienen ihm jetzt wie ein einziges Geschöpf. Er versuchte, sie gern zu haben, es fiel ihm schwer. Josephine setzte sich auf seinen Schoß und strich über den Bartschatten in seinem

Gesicht. Er sah zerknittert aus, er roch nach Wacholder. *Männer mit weicher Stimme sind besonders anfällig für Herzinfarkt.* Das reichte, um ihn zu erschrecken. Schnell schmeichelten sie ihm, beteuerten, sie liebten seine Stadt, sie hätten sie sich so ausgedacht. Genau so. Überall blinkende Zeichen und das Beben dazu. Alle zehn Minuten erschüttere es die Erde, die Menschen bemerkten es nicht einmal. *Es ist die Stadt der Engel,* sangen sie, ganz nah bei seinem Ohr. Er gab ihnen Feuer. An der Decke drohte der weiße Zylinder mit Alarm. Sie lehnten sich weit zum Fenster hinaus, der harzige Geruch wehte durch die Luft. Sie waren nicht mehr allein, Geräusche umfingen sie. Lichter, das gleichmäßige Rauschen des Verkehrs, Türenschlagen. Ohne Zweifel, eine besondere Nacht – wie auf Befehl stieg mildes Leid hoch in ihnen, die ersehnte Melancholie schnürte ihre Kehlen zu. Da, wo die Frauen herkamen, stand jetzt die Sonne an ihrem höchsten Punkt. Er fragte, *wo ist das? Wo kommt ihr her?* Aber es war ohnehin klar, ihre kantige Sprache verriet ihm das Land. Er gurgelte die Silben wie alle Einheimischen, Einwanderer der soundsovielten Generation. Das Gerede erschien ihm überflüssig, dazu hatten sie ihn nicht aufs Zimmer geholt. Der Rauch verbreitete sich in ihren Lungen, ging über ins Blut, vernebelte das Hirn. Er wartete darauf, dass das Spiel begann, dann wären die Regeln klar gewesen. Doch es begann einfach nicht. Sie dehnten die Worte, die Gesten bis zur Unkenntlichkeit. Die Frauen waren unruhig, nervös, sie tuschelten. Plötzlich: Musik. Josephine tanzte, die Spuren ihrer Bewegungen, Farben fast ohne Form, verwischten um sie herum. Er kicherte. Das Kraut war verantwortlich, bestimmt.

Im Foyer des Hotels standen Bronzefiguren, sie zeigten Goldgräber beim Auswaschen der Siebe im Fluss, der tatsächlich ein Springbrunnen war. Er hatte eine Münze hineingeworfen, sein Wunsch war mindestens sechsstellig gewesen. Morgen, in einer knappen Stunde, war Weihnachten. Der dicke Mann mit dem roten Mantel würde durch den Kamin ins Wohnzimmer fahren, um die Socken zu füllen. Auch er hatte einen aufgehängt. Er wusste, dass eine Flasche mit Rasierwasser darin baumeln würde. Seine Frau würde ihn umarmen, sie würden gemeinsam zu der gläsernen Kapelle fahren. Die Gläubigen trügen Kerzen in der Hand, das Lichtermeer spiegelte sich in dem Dach aus Glas, sie säßen wie unter tausend Sternen. Seine Frau würde flüstern, hörst du den Stillen Ozean? Die Kapelle stand auf einem Kliff über dem Meer. Ihm wäre kalt, die Fensterwände isolierten schlecht.

Colin schaute die Frauen an, von einer zur anderen und wieder zurück. Valeska lächelte, Josephine wiegte sich. Ihr Gesicht ist einfältig, dachte er. Dann berichtigte er sich: Gelöst, so wie sonst nur im Schlaf. *Warum bist du hier?*, fragte Valeska. *Magst du uns? Gefallen wir dir?* Sie sprach wieder ihren Text. Er versuchte, sich auf ihre Augen zu konzentrieren, als wolle er sie von etwas überzeugen und nicht sich selbst. Es klappte nicht, etwas war nicht genug. Er nahm seine Jacke auf und ging zur Tür. Josephine berührte ihn am Arm, sie blieb still, er sah, dass sie müde war. Er reichte ihr die Hand, sie ergriff sie, formell. Sie sagte nicht, dass es schade sei, dass sie sich besser fühlen würden, wenn. Er war ihr dankbar dafür. Sie stellte sich auf die Zehen. Als er ihre Lippen spürte, merkte er, dass er sich festkrallte an ihr. Kurz stockte er, verblüfft, dann ergab er sich. Er hatte diese eine Rolle bekommen, er würde sie spielen, na klar. Er schob ihre Körper ins Zimmer zurück. Plötzlich spürte er Valeskas Hände hinten an seinem Hals, sie drückte zu. Er versuchte vergebens, sich aus dem Griff zu befreien. Ihm fiel ein, dass er noch kein Geschenk für seine Frau besorgt hatte.

Lisa Rank ❄ In einem von vielen

Frau Dannenwald sah mich nicht an, als ich das Bad betrat. Sie hatte den Blick abgewendet, im Radio lief »Love Cats«, und bei diesem Lied muss ich jedes Mal an den großen Baum denken und an die kleine rote Katze, die danach nur noch drei Beine hatte. Ich musste daran denken, wie ich die Bretter einzeln auf den Baum geschleppt hatte, und an meine Katzenphobie. Ich dachte daran, wie dieses kleine Tier hinter mir her auf den Baum gekrochen war und wie ich geschrien und ihre Augen sich geweitet hatten und wir gleichzeitig vom Ast gefallen waren. An ihr knackendes Bein unter meiner Hüfte. Ich nahm es Frau Dannenwald nicht übel, dass sie mich nicht begrüßte, das machte sie nur selten. Immer nur dann, wenn sie irgendetwas wollte, das nicht auf dem Plan stand. Zigaretten. Oder diese Schokoladenkugeln mit Krokant. Oder Marzipan. Und ich sah auf diese Hände, die da im Wasser lagen, verschrumpelt und faltig, aufgedunsen und leblos. Das Licht fiel matt und ein bisschen zitternd auf diesen alten Körper, das Radio plärrte unablässig, ich drehte es noch lauter, und bevor ich wieder ins Wohnzimmer ging, zog ich den Stöpsel aus der Wanne und verkantete die Ferse von Frau Dannenwald so, dass sie nicht immer wieder in den Abfluss rutschte und das Strudelgeräusch nicht mehr zu hören war. Als Kind hielt ich mein Ohr immer in den Schaum und wusste irgendwann genau, wie die Schaumbläschen klingen, wenn sie platzen, und jetzt sagte jemand im Radio dieses eine Gedicht von Storm auf, wie es niemand aufsagen würde, mit zu langen Pausen und zu lauten

Seufzern, mit seltsamer Betonung, und um das nicht mehr zu hören, sprach ich laut mit: *Die Kerzen fangen zu brennen an / das Himmelstor ist aufgetan / Alt' und Junge sollen nun / von der Jagd des Lebens einmal ruh'n.* Und Frau Dannenwald gab dann doch noch ein Geräusch von sich. In dem kleinen Flur zwischen Bad, Wohnzimmer und Schlafkoje sanken meine Füße im Teppich ein. Vielleicht hätte ich die Schuhe nicht auszuziehen brauchen, aber man weiß das nie so genau. Einige der Bewohner sind beleidigt, wenn man es nicht tut. Anderen ist es egal. Und manche schreien dir schon im Hausflur entgegen: »Aba Schuhe könnense anlassen, dit macht mir nix, ja?! Anlassen!« So gut kannte ich Frau Dannenwald noch nicht, ich kam erst seit ein paar Wochen her.

Auf dem Wohnzimmertisch stand ein großer Teller unter einem Iglo aus Alufolie. Langsam riss ich das Papier auf, in kleinen schmalen Streifen, immer neue Lagen kamen zum Vorschein, und bevor ich zum Inhalt des Tellers vordringen konnte, gurgelte der letzte Schluck Wasser aus der Wanne. Ich ging zurück über den Fellteppich, durch diese dicken Flusen, die an meinen Füßen klebten wie die weißen Haare an Frau Dannenwalds Bauch und am Wannenrand. Sie war eine der wenigen Damen, die sich keine dieser Kurzhaarfrisuren hatten schneiden lassen, tagtäglich hatte sie auf ihren geflochtenen Zopf bestanden. Der lag jetzt nass und schwer auf ihrem Schlüsselbein neben den Altersflecken. Unter ihrem Busen schäumte es noch. Ich nahm ein großes Handtuch aus dem unteren Schubfach und bedeckte sie damit, legte es ihr über den Bauchsee und über die Täler am Knie. Über ihren Busenberg und die blau gestoßenen Oberarme. Ich schaltete das Radio aus, denn die nächste

Pflicht bestand darin, die Zentrale anzurufen und sie zu informieren. Name, Adresse, Vorfall. Ich hatte das vorher noch nie gemacht, dafür ging es ganz gut, ich erzählte alles, was ich wusste, und man sagte mir, ich solle einfach warten. Also wartete ich und pulte derweil weiter an der Alufolie herum, während mir noch die Zeilen von Storm im Kopf herumschwirrten. Frau Dannenwald hatte kaum Bücher. Nur eine riesige Leselupe mit Lichtschalter für die Fernsehzeitung, eine andere Lupe neben der Tablettendose. Den Sonntag konnte man kaum noch erkennen. Vielleicht hielt sie die Dose immer mit der rechten Hand, legte den rechten Daumen immer auf den Sonntag, vielleicht vielleicht, eigentlich war es egal. Jetzt war es egal. Sie würden die Dose sowieso wegwerfen, sowas benutzt man nicht mehrfach, nicht einmal hier. Neben den Lupen, der Tablettendose und der Fernsehzeitung lag ihr großes Taschentuch, so eine Art Windel, wie sie Mütter ihren Kindern dazulegen, wenn diese sabbern. Das legte sie sich immer behutsam auf die Schulter, bevor sie den Fernseher einschaltete, weil sie wusste, dass sie einschlafen würde. Weil sie wusste, dass dann ihr Kopf immer auf die Seite sinken, ihr Mund sich öffnen und sie Speichel verlieren würde. Jetzt lag sie in einer Wanne ohne Wasser und wartete darauf, dass die Männer von der Zentrale sie heraushievten. Man würde gleich da sein, hatte die Zentralenstimme am anderen Ende der Leitung gesagt. Das würde nicht lange dauern. Für einen Kontrollgang war noch Zeit gewesen. Kontrollgänge machten wir eh die ganze Zeit, eigentlich sollten wir alles kontrollieren. Die Flure, die Zimmer, die Schubläden und das Bettzeug, die Zähne und die Geheimverstecke, die Tabletten und Telefonlisten, die

Videokassetten und die Putzpläne. Ich kontrollierte also die Schlafkoje von Frau Dannenwald, ich leerte das kleine Glas Wasser auf dem Nachttisch in die Bettwanne, schüttelte ihr Bett auf und rückte die Rahmen der zwei Bilder ihrer Eltern zurecht. Frau Dannenwald hatte keine Fotowand mit Enkeln und Kindern, keine tausend Familiengeschichten zu erzählen. Sie hatte nicht einmal einen Mann gehabt, soweit ich weiß. Sie hatte sich und die beiden Fotos ihrer Eltern, sie strickte gern, das wusste ich. Aber auch das hatte sie nicht oft gemacht, seit ich hier war. Vielleicht wusste sie nicht, für wen. Topflappen hatte sie genug. Dicke Wollstrümpfe hätte sie wegen ihrer Schuppenflechte nicht vertragen, deswegen hatte sie auch keine Haustiere, aber die waren hier eh verboten. Also strickte Frau Dannenwald auch nicht mehr.

Auf dem Waschbecken lagen Lippenstift und Haarbürste, Frau Dannenwald sah mich immer noch nicht an, aber sie machte Geräusche. Solche Geräusche hatte ich noch nie gehört, also schaltete ich das Radio wieder ein und erschrak vor der Lautstärke. Ich musste mir unweigerlich vorstellen, wie die alte Frau mit dem Lippenstift vor dem Vergrößerungsspiegel stand, um sich ihre schmalen roten Lippen auszumalen bis über den Rand. Sie hörte zwar keine Schlager, aber der Lippenstift war auch eine kleine Grausamkeit in seinem dunklen Violett. Sie hatte sich gute Unterwäsche zurechtgelegt auf dem kleinen Hocker neben der Anti-Rutsch-Auslegware, Standard in jedem Badezimmer. Draußen war es mittlerweile stockfinster geworden. Aus dem kleinen Fenster im Bad konnte man auf die Fassade des seniorengerechten Plattenbaus schauen. In jedem zweiten Fenster flimmerte es. Hier und da war alles hell erleuchtet, in ein paar Wohnungen brannte gar kein Licht, die hatten wohl Glück oder eine Familie.

Als es klingelte, hatte ich mich durch sieben Schichten Alufolie zu zwei Scheiben Sauerbraten mit Kräuterkartoffeln hindurchgerissen. Der Tisch sah aus wie in Lametta getaucht, der Braten war trocken an den Enden, sah aber gut aus. Bevor ich den Türsummer drückte, stellte ich den Teller in die Mikrowelle, die immer noch aussah wie neu. Dieses leise Ticken, dieses ständige Tacktacktack wurde vom Radio nicht übertönt, es saß mir im Nacken, als die Männer von der Zentrale kamen. Es klackerte weiter, als sie Frau Dannenwald aus der Wanne hoben (ich nahm ihre Kleider an mich und damit aus dem Weg) und auf die Trage legten. Es hatte sich mit meinem Blutdruck verbündet, als ich meine Unterschrift auf die Formulare setzte. Zeitpunkt der Feststellung des Todes. Frau Dannenwalds Zopf hing von der Bahre, als die Männer sie aus der Wohnung trugen. Sie hatten sie eingewickelt und zugedeckt, nur den Zopf hatten sie nicht richtig erwischt. Den Schlüssel müsse ich abgeben in der Zentrale, um den Rest würde man sich dann kümmern, Angehörige vorerst nicht bekannt, mal sehen mal sehen. Ich schaltete das Radio wieder aus und den Fernseher ein, Frau Dannenwald hatte sich mit einem Versicherungskugelschreiber eine Gala angestrichen. Ich stellte das Programm ein und nahm beim lauten Pling den Bratenteller aus der Mikrowelle. Die Kleider legte ich sorgsam über die Sessellehne und knipste die Lichterkette an. Es war jetzt eh zu spät, um zu den Eltern zu fahren. Ich suchte ein passendes Besteck und legte noch ein paar Kekse auf eine Untertasse. Die Haare in der Wanne spülte ich mit der Dusche davon und holte die zwei Rahmen aus der Schlafkoje, um sie auf den Tisch im Wohnzimmer zu stellen. Das Taschentuch faltete ich zu einem Dreieck und zog mir danach meine Schuhe wieder an. Als ich vor dem Haus stand, flackerte der Fernseher im Fenster von Frau Dannenwald. In einem von vielen. Man erkennt den Unterschied nicht, wenn man von der Straße aus schaut. Ich setzte mich ins Auto, fuhr nach Hause. Meine Mutter hatte auf den Anrufbeantworter gesprochen. Ich solle nicht soviel arbeiten, ich müsse auch mal an sie denken, sie würden mich vermissen, Weihnachten sei nicht dasselbe ohne mich. Die Nachbarn hatten jedes Jahr diese bunt flackernde Lichterkette im Fenster, die ihre Farben in verschiedenen Rhythmen auf meinen Balkon warf. Und mir fiel die kleine rote Katze mit den drei Beinen wieder ein und ihre grünen Augen.

Dorle Trachternach ✳ Pisco

Keine Frage, wir waren im Paradies gelandet, und dann war auch noch Weihnachten.

Wir standen mitten im Garten Eden, der Himmel war blau, der Fluss schlängelte sich durch die Hänge und brachte die Ausläufer der Berge zum Blühen und Wachsen und Überschäumen. Eine gelbe Sonne schien auf die Weinberge, auf endlose Reihen von Trauben, in Reih und Glied gepflanzt bis in die Ausläufer der Wüste hinein. Hier wuchsen die süßesten Trauben der Welt, so sagten es riesige Schilder am Straßenrand, wer sich gerade irgendwo in Europa eine Weintraube in den Mund steckte, würde das unvergleichliche Aroma dieses Tals schmecken. Und nur die allerbesten, nur die allersüßesten von ihnen blieben hier, wurden gepflückt, in riesige Behälter gefüllt und zerquetscht, bis man das reine Destillat gewann. Der Schnaps wurde in Flaschen abgefüllt, die mit sanftem Klirren das Fließband entlangschaukelten und einander wie kichernd anstießen.

Und nirgendwo waren die Nächte klarer als hier, so sagten es wieder die bunten Schilder, Schilder wie Prostituierte am Straßenrand. Auf den kargen Berghängen, einige Kilometer oder auch Stunden von hier, so genau wussten wir das nicht, hoch in die Anden gebaut standen die größten Observatorien der Welt, konstruiert, um den Himmel zu vermessen und Asteroiden, Planeten und Sternschnuppen zu zählen, die unzählbar waren, weil so zahlreich hier oben in den Bergen.

Geschichten von Ufos reihten sich an Geschichten von Dichtern und Nobelpreisträgerinnen, die hier gelebt hatten und gestorben waren, und da dies der Garten Eden war und der Rio Claro so klar und weiß, rechneten wir mit allem, aber nicht damit, dass der Schotter im Flussbett so tief war, dass wir mit dem Auto darin stecken bleiben würden.

Scheiße, sagte Veit.

Scheiße, sagte ich.

Er gab noch einmal Gas, der Kies spritzte gegen das Heck, die Reifen sanken noch tiefer ein, die Motorhaube streckte die Nase ein Stückchen weiter in den blauen Himmel. Die Kühlerfigur darauf war schon vor Monaten abgebrochen. Ich blieb auf dem aufgeschlitzten Beifahrersitz sitzen und sah auf die Marienfigur, die auf dem Armaturenbrett klebte und die Augen in religiöser Verzückung gen Himmel drehte.

Wir hatten ans Meer gewollt. Irgendetwas mussten wir an Weihnachten ja tun, konnten nicht in der Stadt sitzen, während die anderen in glitzernde klimatisierte Überlandbusse stiegen und zu ihren Familien fuhren. Wir wollten nicht darauf warten, dass uns jemand aus Höflichkeit einlud, also packten wir einige Tage vor Weihnachten unsere Matratze ins Auto und verließen die Stadt. Das Meer verfehlte seine Wirkung auf uns selten. Wir wurden friedlich und sanft, wenn wir am Meer waren, aßen die Mariscos direkt aus den Händen der Marktfrauen, die tief in ihre fleckigen Eimer voller Meerwasser griffen und das rote Fleisch aus den Muscheln schnitten. Wir stritten nie, wenn wir am Meer waren. Wir konnten die ganze Nacht auf der Ladefläche des Autos sitzen, Zigaretten rauchen und Kassetten hören. Wir sangen gemeinsam, jeder in seinem eigenen schiefen Takt.

Aber das Meer von La Serena war anders gewesen, es hatte versucht, es den Touristen recht zu machen, der Strand war lang und weiß, die Strandpromenade geteert, und das Meer sah aus, als könne man tatsächlich darin baden. Die erste Nacht verbrachten wir in einem Motel, wo wir bis zum Morgen amerikanische Filme mit Untertiteln anschauten, wir starrten rotäugig und übernächtigt auf den Fernseher, wirr und überdreht von den Bildern. Am nächsten Morgen war unsere Laune übel gewesen, wir hatten uns an Weihnachten erinnert und waren ins Landesinnere gefahren, weg von der Küste, in die Wüste und die blühende Oase.

Ich weiß nicht, warum wir uns so vor Weihnachten fürchteten. Wir waren zusammen, das reichte uns meistens, die Wassermelonen und Avocados waren reif, und alles hätte gut sein können. Und doch bekamen wir von Mal zu Mal schlechtere Laune, wenn wir die Zeichen nicht mehr übersehen konnten: die rotweißen Supermarktdekorationen, die Lieder im Radio, die Weihnachtsfrauen im Bikini am Strand, jede Werbeunterbrechung in unseren amerikanischen Filmen. Weihnachten, das hieß Familie, und die Vorstellung, einander an diesem Fest die Familie zu ersetzen, machte uns verlegen. Wir hatten das Thema Weihnachten noch vor dem zweiten Advent fallengelassen. Ich hatte heimlich so viele Weihnachtskarten verschickt wie noch nie in meinem Leben, und jedes gefühlsduselige Wort auf den mit Glitzerschnee verzierten Karten hatte ich ernst gemeint. Dann hatte auch ich es vergessen. Bis heute, denn heute war es so weit.

Scheiße, sagte Veit noch einmal, stieg aus und trat gegen den Hinterreifen.

Der Fluss war weiß, er sah aus, als sei er eigentlich zu kalt, um fließen zu können, wie ein Sambuca, der zu lange in der Tiefkühltruhe gelegen hat. Ein paar verkrüppelte Bäume standen herum, was uns veranlasst hatte, hier nach einem schattigen Platz zu suchen, um die Matratze ins Gras zu legen, am Abend ein Feuer zu machen vielleicht. Der Sitz löste sich nur widerstrebend von meinen nackten Beinen, als würde ich ein Pflaster von einer Wunde abziehen. Ich stellte mich neben Veit und begutachtete den eingesunkenen Reifen. Wir waren nicht zum ersten Mal steckengeblieben, aber zum ersten Mal an Weihnachten, und deshalb waren wir nicht so ein eingespieltes Team wie sonst und brauchten fast zwei Stunden, um uns zu befreien. Am Ende waren wir verschwitzt, der Staub klebte zwischen den Schulterblättern und in den Haaren, und wir fuhren langsam und mit einem platten Hinterreifen wieder auf die Straße und an einer der Schnapsbrennereien vorbei ins nächste Dorf. Am Ortseingang wartete ein weiteres riesiges Schild mit exotischen Blumen und üppigen Pflanzen, deren Namen ich nicht kannte. Veit rollte auf den Parkplatz hinter dem Schild, als suche er etwas Bestimmtes. Ich sah das Auto an und dachte, dass es eine Tankstelle und eine ordentliche Vulcanisacion wesentlich nötiger hatte als einen Blumenladen, aber ich sagte nichts und folgte Veit durch eine müde im Wind flappende Plastikplane ins Innere. Manchmal wünschte auch ich mir etwas Schönes, etwas Sanftes und Ungefährliches.

Die Gärtnerei war ein Witz. Sie war das Gegenteil einer Gärtnerei. Das einzige, was sie inmitten der prächtigen

Plantagen in diesem Tal verkaufte, waren Kakteen, und selbst einem Kaktus muss man Wasser geben, damit er aus seiner stacheligen Haut ein paar kleine trotzige Blüten hervorquetscht. Aber diese Kakteen waren allesamt grau vor Hitze und steckten in trostlosen Erdklumpen, die mit Steinen versetzt waren. Wir gingen durch die Reihen mit aufgebockten Holztischen und scheuchten dabei eine ausgemergelte Hippiefrau mit glühenden Augen, Holzketten und rotem Haar auf, die uns hinterherlief und von den einzigartigen kosmischen Erdstrahlen in diesem Tal schwärmte, Strahlungen, die allein die Menschen hier gesund und glücklich machten, und vom ebenfalls einzigartigen Mikroklima, das dieses Paradies mitten in der trockensten Wüste der Welt erst ermöglichte. Dann nahm sie einen Pappkarton, legte ihre brennende Zigarette auf einen Holztisch und steckte mit fahrigen Bewegungen einen winzigen grauen Kaktus hinein. Zweitausend, sagte sie, und ihre ruhelosen Augen glitten über unsere Gesichter hinweg wie suchende Scheinwerferkegel. Wir nahmen jeder einen zerknitterten Geldschein aus der Hosentasche und gaben ihn ihr. Am Ausgang entdeckte ich ein Regal mit großen Tüten Rosinen, wahrscheinlich geklaut aus den Weinbergen der Schnapsbrennereien. Ich stellte mir die Hippies vor, wie sie heimlich bei Vollmond durch die Weinberge kletterten und Trauben pflückten, völlig high von den ganzen kosmischen Erdstrahlungen um sie herum, und kaufte eine Tüte.

Wonach hast du eigentlich gesucht, fragte ich Veit, als wir unseren kleinen Pappkarton vorsichtig auf die Ladefläche stellten. Peyote, sagte er und steckte sich eine Rosine in den Mund, ich hab mal gehört, hier im Tal wächst

Peyote. Wegen dem Mikroklima. Aber den nehmen sie wahrscheinlich alle selber.

Ich ruf mal zu Hause an, sagte ich.

Ich hatte es nicht gespürt. Erst, als ich mein Ohr rieb, das heiß war und drückte vom Telefonhörer, den ich zu fest gegen mein Ohr gedrückt hatte, erst als wir aus dem Cafe auf die Straße traten und nebeneinander auf der Plaza de Armas saßen, auf der einzigen Bank, die noch frei war, weil sie nicht im Schatten lag, erst als ich merkte, dass wir kein einziges Weihnachtsgeschenk hatten außer dem kleinen vertrockneten Kaktus in dem Pappkarton zwischen unseren Füßen, der als Geschenk nicht taugte, erst als sich die Geier in den Bäumen auf der Plaza sammelten und ich nicht glauben konnte, dass es tatsächlich Geier waren, als die Musik aus der Hotdog-Bude gegenüber leiser wurde und die Leute nach Hause schlenderten, merkte ich, dass ich eigentlich lieber woanders wäre. Zu Hause vielleicht. Ich sah Veit von der Seite an, er sah mich nicht an, aber wenn er so guckte wie jetzt, wusste ich, dass er nicht glücklich war. So war das zwischen uns. Wir konnten einander nicht glücklich machen, auch wenn ich mir oft nichts sehnlicher wünschte; wir konnten nur Stimmungen teilen, in die wir gerieten, ohne dass der andere daran beteiligt gewesen wäre.

Lass uns gehen, sagte Veit, trat die Zigarette aus, klemmte sich den Pappkarton unter den Arm, legte den anderen Arm um mich und küsste mich auf den Hals.

Auf einem Schild stand »Camping«, auf dem anderen »Betreten verboten! Lebensgefahr!« Wir nahmen uns das zweite nicht so zu Herzen und kletterten durch den Zaun. Die Wiese war grün, über unseren Köpfen rauschte ein silbrigblättriger Baum, der Fluss schäumte, und plötzlich schien es, als könne alles doch noch gut werden. Hallelujah, sagte ich zu Veit, und er kam mit dem Auto nach. Der Hinterreifen schlackerte immer noch bedenklich um die Felge. Ein paar Pferde grasten in Flussnähe auf unserer Wiese, an deren Rand eine halb zerfallene Hütte stand.

Ich hörte im Dunkeln einen Schuss, aber der Mann, der jetzt auf uns zukam, hatte kein Gewehr, deshalb musste jemand anders geschossen haben, jemand, der nicht uns meinte. Vielleicht verscheuchte jemand die Hippies, die nackt durch die Weinberge tanzten und dabei die Ernte mitgehen ließen. Wir standen von unserem Feuer auf und gingen ihm entgegen. Der Mann war alt und so heruntergekommen wie seine Hütte. Er stank, als würde schon seit Jahren kein Blut mehr durch seine Adern fließen, sondern nur noch der Traubenschnaps aus diesem Tal, aber die Flasche unter seinem Arm war kein Schnaps, es war noch nicht einmal eine Flasche, sondern ein aufgeschnittener Tetra Pak mit Rotwein. Niemals würde ich einen Schluck davon nehmen, dachte ich, als er uns den Wein schon grinsend unter die Nase hielt. Veit verzog keine Miene, nahm den Wein und trank, und danach gab er dem Mann den Tetra Pak zurück, damit ich nicht trinken musste. Aus solchen kleinen Gesten versuchte ich herauszulesen, dass er mich liebte. Ich wusste, ich konnte Weihnachten ignorieren, wenn ich wollte, und Veit auch, wir konnten nebeneinander am Feuer sitzen, mit den Fingern Kartoffeln aus der Glut ziehen, Knoblauchscheiben und Butter darauf verteilen, ohne uns gegenseitig zu fragen, wo wir gerade lieber wären, aber mit diesem alten Säufer im Gefolge waren wir schon fast so etwas wie eine Weihnachtsfeier, ob wir wollten oder nicht. Wir mussten reden, miteinander trinken und das Essen teilen, wir mussten uns fragen, warum ausgerechnet wir drei ausgerechnet hier zusammen am Feuer saßen. Wir hatten eigentlich keinen Grund, wir waren einfach hier. Nächstes Jahr würden wir wieder woanders sein.

Dieser Wein in dem aufgeschnittenen Tetra Pak war sein Geschenk an uns, ein berechnendes Geschenk, das stank und billig war und so kalkuliert, dass die Idee nur aus einem Säuferhirn stammen konnte, aber was folgen musste, war eine Einladung an unser Feuer. Dies war seine Wiese und sein Baum, seine Pferde grasten in der Nähe des Flusses, und wir konnten ihn nicht in die Hütte zurückschicken, in der er so offensichtlich mit niemandem redete außer mit den morschen Wänden, die wahrscheinlich noch in derselben Nacht über ihm zusammenbrechen würden. In jeder anderen Nacht hätten wir ihn fortschicken können, aber nicht heute. Der Alte wandte seinen Blick nicht vom Feuer, und ich meinen nicht von Veit, der in solchen Situationen so etwas wie mein Feuer war, ein Orientierungspunkt. Ich hatte in solchen Situationen keine Entscheidungsgewalt, das war so zwischen uns. Fast meinte ich Erleichterung in seinem Blick zu sehen. Zu dritt waren wir kein Paar mehr.

Der Alte wollte keine Kartoffeln, keinen Knoblauch, er wollte keine Rosinen, er wollte nur Wein. Er trank seinen Tetra Pak aus, ohne uns noch einmal etwas davon anzubieten, dann holte er zwei weitere Liter aus seiner Hütte und trank sie ebenfalls aus. Seine Augen glänzten vor Freude, dass er Gesellschaft hatte. Er tätschelte uns die Schultern und streichelte meinen nackten Arm. Wir saßen vor ihm und aßen, und er trank. Er trank auf seine Frau, die gestorben war, er trank auf seine Töchter, die ihn von diesem Grundstück vertreiben wollten, um es an die Besitzer der Schnapsbrennereien zu verkaufen, er trank auf seine andere Frau, die ihn verlassen hatte, die alte Schlampe, die nun am anderen Ende des Tals lebte, an dem großen Staudamm, den sie in diesem Paradies angelegt hatten und der in schlechten Zeiten die Schnapsproduktion am Laufen halten würde, er trank auf seine Söhne, die gestorben waren, er trank auf uns, die wir ihn gefunden hatten, und dabei liefen Freudentränen seine Wangen hinunter, er trank auf die Bäume und die Sonne und die Mutter Maria, er trank auf den Wein und die Trauben und den Schnaps, er trank auf Weihnachten, denn dies sei der traurigste Tag im Jahr, denn da sei seine Frau mit einem anderen durchgebrannt, und irgendwann trank er nicht mehr, sondern starrte Veit über das Feuer hinweg böse an. Und Veit ging zum Auto, holte noch mehr Wein und stellte die Flaschen vor den Alten, der weiter trank, auf seine Söhne, die oben in den Observatorien arbeiteten und dort in die Sterne sahen und dabei ihren alten Vater im Tal vergaßen, der mit den Sternen nichts anfangen konnte, weil er immer weinen musste, wenn er in die Sterne sah, und die deshalb für ihn verloren waren. Als der Alte mir eine Flasche unter die Nase hielt, kam Veit mir nicht mehr zu Hilfe, und ich trank. Ich gab den Wein zurück, legte mich auf den Rücken und sah den Sternschnuppen beim Verglühen zu, einer nach der anderen. Irgendwann stand der Alte auf, ging zum Fluss und pisste hinein, in den schönen Rio Claro, und dabei furzte er schrecklich. Dann kam er zurück und starrte ins Feuer. Veit kratzte mit einem Stöckchen den Dreck aus seinen Zehen. Ich lehnte mich gegen seinen Rücken und schloss die Augen. Irgendwann rappelte der Alte sich auf und stolperte davon. Wir sahen ihm nicht nach, wir folgten ihm nicht.

Irgendwo wieherte ein Pferd, und der Alte, von irgendwo, wieherte zurück. Später knallten noch zwei Schüsse durch die Dunkelheit, und wir traten das Feuer aus und legten uns auf die Matratze, stumm und froh, es endlich geschafft zu haben.

Wir fanden ihn am nächsten Morgen, keine zehn Meter von unserem Feuer entfernt. Er lag auf dem Rücken im Gras, sein Gesicht musste schon einige Zeit in der Sonne gelegen haben, denn es begann aufzuquellen. Sein Mund war geöffnet, ebenso seine Hose. Ob er noch versucht hatte, im Liegen ins Gras zu pissen, ob seine Hose schon lange gar keinen Reißverschluss mehr hatte, ich weiß es nicht. Seine Augen waren geschlossen, auf seinem Gesicht waren unzählige kleine Äderchen geplatzt. Sein Gesicht sah durstig aus, es verlangte nach Schatten, aber vor allem und immer wieder nach noch mehr Wein. Eine Fliege kroch in seinem spärlichen Brusthaar herum.

Veit sah sich mit zusammengekniffenen Augen um und kratzte sich am Rücken.

Fahren wir? fragte er.

Keine Frage, sagte ich.

Raul Zelik ✸ Weihnachten – eine Ostergeschichte

Wenn sich Alex, der Deutsche, erinnert, denkt er immer zuerst an ihre letzte Unterhaltung.

»Und dann«, sagte Nelson, »gibt's Geschenke und wir singen ein paar Lieder.«

»Hübsche Lieder?«, fragte Alex.

»Lieder, um die Kommunion zu feiern ... Den Anbruch der kommenden Gemeinschaft ...«

Und Alex erinnert sich, dass auf der grob geschlagenen Holzplanke vor ihnen zwei Kleidungsstapel lagen, der eine mit Damen-, der andere mit Herrenunterwäsche. Und dass Nelson abwechselnd von den beiden Stapeln ein Kleidungsstück nahm, durchsichtige, auffällig knapp geschnittene Slips, und sie in schlichte, aus Plastiktüten geklebte Pakete packte. Und dass Nelson diese Pakete am Heiligabend verschenken, sie von einem als Weihnachtsmann verkleideten Dorfbewohner an die Anwesenden verteilen lassen wollte. Die blauen Pakete an die Männer, die rosafarbenen an die Frauen.

»Die Wiederauferstehung ...«, fügte er hinzu.

»Was jetzt?«, sagte Alex. »Du musst dich schon entscheiden. Eintritt in eine Gemeinde, Anbruch der kommenden Gemeinschaft oder Auferstehung.«

»Auferstehung«, behauptete Nelson, er ließ sich das Wort auf der Zunge zergehen. *Resurrección,* die Auferstehung, unterscheidet sich im Spanischen kaum von *insurrección,* dem Aufstand.

»Warum sagst du so was? Du bist doch gar nicht religiös. Du lästerst ständig über die Kirche.«

»Man muss die Sprache des Volks sprechen«, sagte Nelson. »Und unser Volk ist sehr spirituell.«

»Spirituell.« Alex dachte an Schlagermusik und die Gespräche, die er mit den Nachbarn über Hahnenkampf, Maultiere und Fußball geführt hatte. »Sicher.«

Es war der Tag vor Weihnachten, und zum ersten Mal seit Monaten regnete es nicht, verschwanden die umliegenden Hänge nicht mehr im Dunst. Rot schimmerte das Erdreich unter dem Aschefilm der Brandrodungen.

Die Ortschaft, die *La Esperanza* hieß, die Hoffnung, oder *El Paraíso* oder *Santa Teresa Hermosa,* Alex erinnert sich nicht genau, es wäre auch nicht sinnvoll, sich allzu genau zu erinnern, war eine illegale, aus zwei Dutzend Plastikverschlägen bestehende Landnahme, und Nelson war ihr Chef. Agitator, Lehrer, Beichtvater. Wenn Gerüchte umgingen, über den letzten, definitiven Gerichtsbeschluss oder das Anrücken jener Bewaffneten, die sich selbst als *mochacabezas* bezeichneten, als Kopfabschneider, übernahm es Nelson, Zuversicht zu verbreiten. Er war das Mädchen für alles; erläuterte die behördlichen Schreiben, die stets mit mehreren Monaten Verspätung und negativem Bescheid aus der Hauptstadt eintrafen, stellte Putz- und Kochpläne auf, organisierte den Einkauf. Dieser Mann, Anfang vierzig, der einst sein Studium geschmissen hatte, um sich ganz ›der Sache der Armen zu verschreiben‹, wie man es in Vorweihnachtsdeutsch ausdrücken könnte, war der unangefochtene Anführer der Siedlung, das Vorbild der zahnlosen Bauern, früh gealterten Mütter, sich für Schnaps und Hahnenkampf begeisternden Goldsucher. Und obwohl er sich selbst als Atheisten bezeichnete, hatte er viel von einem Pfarrer. Alex sollte später erfahren, dass der bewunderte Freund auf Jugendliche stand, auf

Jungs, und seine Autorität all die Jahre genutzt hatte, um den attraktiven Bauern- und Goldsuchernachwuchs ins Bett respektive auf die selbst gebaute Palmenblattmatratze zu locken. So viel zum heroischen Aspekt dieser Geschichte.

Alex, der Deutsche, war in diesen Monaten als eine Mischung aus Tourist und menschlichem Schutzschild im Dorf, zumindest verstand er seine Rolle so. Das Leben eines Europäers war in diesem Land, dessen Name nicht genannt werden muss, weil die größte Aufmerksamkeit seiner Regierenden der Herstellung makelloser Investitionsbedingungen gilt und dieses Land deshalb nur eines unter vielen anderen ist, unendlich viel mehr wert als das eines Einheimischen, und so kamen immer wieder Ausländer wie Alex, um bedrohte Bauernführer, Anwälte, Gewerkschafter einige Monate lang zu begleiten.

Die kleine Siedlung, die vielleicht *Esperanza* hieß, aber mit Sicherheit nichts weniger vermittelte als das, war nicht leicht zu erreichen gewesen. Alex erinnert sich, dass er aus der auf fast 3000 Meter hoch gelegenen Hauptstadt zunächst zwölf Stunden mit dem Bus an den größten Fluss hatte fahren müssen und dort am Wasser gestanden hatte: einem trägen, grauen Strom, der einen nassen Teppich vor dem Betrachter ausrollte. Dass er aus einer Hafenstadt, einer drückend heißen, wie unter einer Bleiplatte liegenden Industriearbeitersiedlung, mit einem der kleinen Motorboote, die *chalupas* genannt werden, zwei Stunden stromabwärts durch ein verzweigtes Flusssystem aus Nebenarmen und Tümpeln gekreuzt war und dass sie vom Bootsrand aus Reiher federnd durch Auen spazieren und Fischer auf Einbäumen stehend große, an Pilze erinnernde Rundnetze auswerfen gesehen hatten. Dass von der Ortschaft, die er nach weiteren zwei Stunden auf dem Wasserweg erreicht hatte, eine Erdpiste erneut in die Berge hinauf geführt hatte und es hinter dem letzten Dorf, in das einmal am Tag ein Jeep mit offener Ladefläche aufbrach, noch einmal fünf Stunden Fußmarsch gewesen waren, fünf Stunden auf lehmschweren, klebrigen Wegen.

Die Siedlung war nicht leicht zu erreichen gewesen, lag aber keineswegs abseits der Welt. Ein Bergbauunternehmen, dessen Name keine Rolle spielt, weil jedes derartige Unternehmen dafür in Frage kommt, hatte soeben Schürfrechte erworben, und die im Grundbuchamt eingetragenen Landeigentümer trieben den großflächigen Anbau von Ölpalmen voran. Auf diese Weise verdichteten sich schon bald nach Alex' Ankunft die schlechten Nachrichten: Die Regierung verkündete einen Erschließungsplan für die Region, und wieder geisterte jenes Wort durch die Dörfer, von dem alle wussten, dass es sich dabei nicht nur um eine leere Drohung handelte: *mochacabezas,* Kopfabschneider.

Alex hatte sechs Monate bleiben wollen, aber dann doch schon Anfang Dezember zuviel. Das Leben eines Europäers mochte mehr wert sein als das eines Einheimischen, aber die Angst war trotzdem unerträglich geworden. Dazu kam, dass seine Papiere nicht in Ordnung waren, er ihretwegen jederzeit verhaftet werden konnte, die Regierung damit gedroht hatte, ein Exempel zu statuieren. Alex, der Dinge getan hatte, die richtig, vielleicht auch gerecht, aber auf keinen Fall gesetzeskonform gewesen waren, ahnte das Schlimmste. Er schlief schlecht, jede Nacht schlechter, wachte schweißgebadet auf, hielt ein Gewitter für Bombeneinschläge, Schritte im Gebüsch für eine Vorhut der Bewaffneten. Und so erklärte er schließlich, dass er gehen, das Land, dessen Name nicht genannt werden muss, an Weihnachten verlassen werde, weil Behörden an Feiertagen schlechter besetzt seien.

Die Bewohner der Holz- und Plastikplanenverschläge machten ihm keine Vorwürfe, sie verstanden seine Angst. Nelson überredete ihn dann, wenigstens den Heiligabend noch in der Siedlung zu verbringen.

Die Feier verlief wie erwartet. Nelson, Bürgermeister-Seelsorger-Päderast, ließ seine Weihnachtspakete mit Unterwäsche, Süßigkeiten und einem kleinen Fläschchen Shampoo verteilen, und jeder der zahnlosen Bauern, schnell gealterten Mütter und für Schnaps und Hahnenkampf schwärmenden Goldsucher erhielt auf Gemeinschaftskosten eine Dose Bier. Danach wurden Lieder und Geschichten zum Besten gegeben – Schlager und Zoten, *grüne Witze*, wie es auf Spanisch heißt. Nur Nelson rezitierte wie immer ein kämpferisches Gedicht.

Wenn Alex zurückdenkt, erinnert er sich genau an das Bild dieser Feier, das schummrige Licht in dem Gemeinschaftshaus, einem mit einer großen schwarzen Plastikplane überspannten, offenen Holzgerüst. Insekten schwirrten um die schnell herunterbrennenden Kerzen herum und immer wieder ging ein schwerfälliger Käfer, der der Lichtquelle zu nahe gekommen war, mit einem Zischen in Flammen auf. Als die Bewohner der Siedlung schlafen gingen, es war nicht später als elf, dachte Alex noch einmal an die *mochacabezas:* dass sie es in dieser

Nacht, in der niemand Wache hielt, besonders leicht haben würden.

Das Camp verließ er im Morgengrauen. Ein nicht besonders gutaussehender, aber witziger junger Bauer, der von den anderen wegen seines Kurzhaarschnitt die *Glühbirne* genannt wurde und, wie Alex später erfahren sollte, nie etwas mit Nelson gehabt, aber aus unerklärlichen Gründen mit fast allen verheirateten und unverheirateten Frauen der Siedlung sexuelle Beziehungen unterhalten hatte, begleitete Alex ins nächstgelegene Dorf. Sie ritten auf Maultieren, die es nun in der Trockenzeit unendlich viel leichter hatten, nicht mehr bei jedem Schritt fast einen Meter im Schlamm versanken, und Alex erinnert sich, dass die Dorfbewohner ihm zuwinkten, als er, wie ein Kamelreiter wankend, den steilen Hang hinuntergetragen wurde. Nelson war ein Stück mitgekommen und stand auf einer Anhöhe. Alex sollte ihn nicht wiedersehen, obwohl die Mängel, die ekelhaften Seiten, von denen Alex später erfuhr, den Freund in gewisser Hinsicht sympathischer machten – nahbarer, menschlicher. Nelsons Bemerkung über Weihnachten als Fest der Auferstehung wurde zu Alex' letzter Erinnerung an ihn.

Ein zweiter Bauer brachte Alex mit einem Motorrad an den Strom. Er erinnert sich, dass die Straße an diesem Feiertag ausgestorben wirkte und die aufgewirbelte Staubwolke wie ein schmutziger Zuckerwattebausch hinter der Geländemaschine zurückblieb. Und wieder wurde Alex beschert: Auf den achtzig Kilometern gab es keine einzige Kontrolle. Kurz nach zwei erreichten sie den Hafen, Alex klopfte sich den Staub aus dem Gesicht, stieg von der Maschine und verabschiedete sich.

Von nun an war er allein.

Er nahm sich in der einzigen Pension der Ortschaft, die höchstens zehntausend Einwohner zählte, ein Zimmer und schlenderte durch die unbefestigten Straßen, auf denen immer noch Pfützen standen. Die Bewaffneten, über die so viele Gerüchte kursierten, waren noch nicht auf der westlichen Flussseite angekommen, nur in der Nähe der Bootsablegestelle, wo Hochwasser träge über die fauligen Planken des Stegs schwappte, standen ein paar Elitesoldaten herum. Doch obwohl seine Papiere nicht in Ordnung waren, fühlte Alex sich sicher. Er vertraute darauf, dass die Uniformierten sich nicht so genau auskennen würden. Am Ufer des Flusses, die Sonne stand noch fast senkrecht, doch durch das Blätterdach fiel kaum Licht, setzte er sich unter einen einzeln stehenden Baum, eine Ceiba, deren Äste sich wie die Pratze eines Riesen über Alex' Kopf legten, und betrachtete das Wasser, über dem Vögel kreuzten, die er nicht kannte, und die Ebene dahinter. Sein Blick verlor sich im Dunst. Dort am Horizont, Richtung Sonnenaufgang, von aufgeheizter Luft völlig verschluckt, lag der östliche Gebirgszug, der das Land teilte und an seiner höchsten Stelle fünftausend Meter hoch aufragte. Gegen 16 Uhr, lange vor Anbruch der Dunkelheit, die in diesem Land fast immer etwas Beunruhigendes hat, fast überall lebensbedrohliche Seiten entfalten kann, kehrte er in die Pension zurück, die kleine, stickige Absteige, und sperrte sich ein.

Alex erinnert sich, dass er an diesem Nachmittag darauf vertraute, dass niemand ihn festnehmen würde.

Unter dem Deckenventilator, der einem die Insekten vom Leib hielt und damit überhaupt erst dafür sorgte, dass man ein Auge zumachen konnte, dachte er an eine Frau, die in der Siedlung ein paar Hütten neben seiner gelebt hatte und für die er im Wald, mit durchsichtigen Absichten, zwei oder drei Mal Orchideen gepflückt hatte. Sie war zwei Wochen vor ihm weggegangen. Auch sie hatte genug gehabt.

Dann schlief er ein.

Und wirklich: Die Nacht verlief ruhig.

Am nächsten Morgen war die Landschaft in ein klares, Zuversicht verströmendes Licht getaucht. Eine *chalupa* setzte Alex gemeinsam mit zehn anderen Passagieren über den Fluss, mit dem Kleinbus ging es weiter nach Osten. Er kehrte nicht in die Hauptstadt zurück, sondern machte sich auf den Weg zur nächstgelegenen Grenze. Auf der rechten, östlichen Flussseite erstreckte sich etwa hundert Kilometer breit die Ebene, Viehzüchter- und Plantagenbesitzerland. Zwischen Wasserstellen, die unter der senkrecht fallenden, immer ein Loch durch die Wolkendecken brechenden Sonne schnell verdunsteten, standen regungslos indische Zebus, die Ölpalmen in den Plantagen, in Reih und Glied gepflanzt, erschienen ihm wie eine sinnlose, stumpfe Armee. Obwohl das Gebiet von den Bewaffneten kontrolliert wurde, die sich damit rühmen, Köpfe abzuschneiden, wenn es der Ordnung dient, erreichte Alex die kleine Stadt am Fuß der Berge ohne besondere Vorkommnisse. Von dort schlängelte sich die Straße die Hänge hinauf, stundenlang an weitläufig gefalteten Andenrücken entlang.

Es war 16 Uhr, als er in der Grenzstadt ankam, einer unüberschaubar sich in alle Richtungen ausbreitenden

Agglomeration. Alex erinnert sich, weil es zwar noch hell, für einen Grenzübertritt jedoch schon relativ spät war.

Vieles ist ihm noch deutlich vor Augen: die Busse, blau gespritzte Bluebirds, die früher einmal als Schulbusse gedient haben mussten und in denen die Sitzreihen so eng angeordnet waren, dass ihm der metallene Rahmen der Vordersitze auf den Kniescheiben drückte. Die staubigen Vororte, die sie durchquerten.

Die Ausfallstraße, die, obwohl vierspurig, einen verwahrlosten Eindruck hinterließ.

Und Alex erinnert sich, dass er sich erinnerte.

Daran, dass er einige Jahre zuvor schon einmal dort gewesen war, noch als Schüler, und auf einem Markt, einer Schmuckmesse, eine Kette mit einem winzigen Frosch aus Stein gekauft hatte, einem schwarzen Frosch, der angeblich ein Fruchtbarkeitszeichen war, und dass er, schon auf der anderen Seite der Grenze, im Swimmingpool eines Diplomaten gebadet hatte, nackt, nur noch mit dieser Kette bekleidet, und zusammen mit einem Mädchen, das ihm gefiel, Tochter eines Nazi-Auswanderers und unter dem Kragenhemd, das er ihr geliehen hatte, ebenfalls nackt, durch das Becken gekrault war, am Rand einer seltsamen Diplomatenkinder-Cocktailparty. Und Alex erinnert sich auch, dass er, sich erinnernd, nach der Erinnerung sich sehnte, nach der Sicherheit dieses lang zurückliegenden Aufenthalts, nach der schönen Nazi-Auswanderer-Tochter.

Und an die Regelung des Grenzverkehrs erinnert er sich.

Die beiden Städte diesseits und jenseits der Grenze bildeten eine Freihandelszone, die eigentlichen Grenzkontrollen kamen erst, wenn man die Sonderzone verließ. Man brauchte, um ins Nachbarland einzureisen, zunächst einen Ausreisestempel, und genau darin bestand das Problem: Alex' Papiere waren nicht in Ordnung. Auf der anderen Seite der Grenze würde das keine Rolle mehr spielen, aber hier konnten sie ihn dafür verhaften und wegsperren.

Er hat dann versucht, die Ausreise zu umgehen.

Er fuhr, der blaue Bluebird überquerte den Grenzfluss, die eigentlichen Kontrollen kamen, wie gesagt, erst weit dahinter, erst 15 Kilometer weiter im Landesinneren, in die Grenzstadt des Nachbarlandes und ging zum Büro der Einreisebehörde, das ein paar Straßen abseits lag. Es bestand aus einer schmutzigen, stickigen Schalterhalle. Ein Beamter, dessen Bauch über den Gürtel quoll, saß hinter einer verschmierten Glasscheibe und trank zur Feier des Tages schwitzend ein Bier. Als Alex an die Scheibe klopfte, der Beamte hatte ihn nicht bemerkt, die Fingerabdrücke an der Scheibe verwiesen darauf, dass es auch anderen vor Alex so ergangen war, beugte sich der Grenzer, der Drehstuhl quietschte leise, behäbig vor und nahm den Pass entgegen.

»Da fehlt der Ausreisestempel«, sprach er aus, was Alex bereits wusste, und schickte den Deutschen zurück. Zurück über die Grenze.

»Ich hab es sehr eilig. Ich werde erwartet.«

»Den Stempel drüben kriegst du in fünf Minuten.«

Und das, denkt Alex, sich nun erinnernd, ist typisch für ihn: Er ging wirklich zurück.

Er hätte dem Grenzbeamten, dessen Bauch über den Gürtel quoll, Geld anbieten, für wahrscheinlich nicht mal 20 Dollar eine Ausnahmeregelung erwerben können, doch Alex hatte noch nie jemanden bestochen. Er hatte keine Ahnung, wie man solche Zahlungen einfädelt.

Also ging er zurück.

Die Grenzstadt auf der anderen Seite gehörte zu den Orten mit der höchsten Mordrate weltweit. Eine Stadt beherrscht von Gewalt, über die in den Medien nicht berichtet wird, weil die Informationen beunruhigende Zusammenhänge aufzeigen würden; eine Hochburg des Terrors, aber nicht jenes Terrors, von dem in den Zeitungen die Rede ist, des *Terroristenterrors*, sondern eines Terrors, der für Staatlichkeit sorgt, des Terrors der *mochacabezas*, die Köpfe abschneiden, wenn es der Ordnung dient.

Und eine der ersten Einrichtungen, die sie in dieser Stadt modernisiert, die westliche Militärberater modernisiert hatten, war die Grenzbehörde gewesen.

Alex betrat das neu errichtete Gebäude, eine Schalterhalle, warm, aber im Gegensatz zu dem Gebäude auf anderen Seite der Grenze nicht stickig, und sein Blick fiel, erschrocken, auf die neu eingerichteten Arbeitsplätze, jeder von ihnen mit Computer und Lesegerät ausgestattet.

Es war 18 Uhr, es dämmerte, Alex war allein in der Halle, nur ein Beamter saß an seinem Schalter, der Bildschirm flimmerte leicht.

Alex, der Deutsche, reichte dem Mann seine Papiere,

den bordeauxroten Pass, diese eigenartige Eintrittskarte in eine Welt, in der man überleben kann, und der Grenzer blätterte das Dokument durch, betrachtete gewissenhaft jeden Stempel und sprach dann aus, was Alex bereits wusste:

»Das ist nicht der richtige …«

»Der richtige was?«

»Der richtige Stempel.«

Angst schoss Alex durch den Körper; Angst, Verzweiflung, eine fiebrige Welle. Er wusste nicht, was passieren würde. Er wusste, dass alles passieren konnte.

»Ich habe ihn bei der Einreise so bekommen.«

In dieser Stadt konnten sich die Dinge unüberschaubar miteinander verketten, sich aus einer Geschichte eine ganz andere ergeben. Und Alex erinnert sich, glaubt sich zu erinnern, dass die Erinnerung in diesem Moment die Richtung wechselte und sich auf der Zeitachse nach vorn zu bewegen begann und er sich Situationen ausmalte, in denen er festgenommen und verhört wurde, sich in Widersprüche verwickelte, in eine immer aussichtslosere Situation geriet. Die Erinnerung an eine verlorene Zukunft.

»Haben Sie sich den selbst besorgt?«, fragte der Grenzbeamte. »Haben Sie vielleicht jemanden damit beauftragt, Ihnen mit den Papieren zu helfen? Jemand, den Sie nicht kannten, der sich angeboten hat?« Offensichtlich wollte er Alex helfen, ihm eine Brücke bauen.

Eine Brücke bauen oder eine Falle stellen.

»Nein«, antwortete Alex. »Ich habe ihn so bei der Einreise bekommen.«

Und dann ging alles sehr schnell. »Das ist gefälscht«, sagte der Grenzer, »Sie müssen zur Polizei.« Er griff zu seinem Funkgerät und rief eine Streife, einen Wagen der Sonderpolizei, die zivil patrouillierte, sich aber nicht so verhielt.

Alex erinnert sich, dass er glaubte, alles sei vorbei, in dieser Stadt war alles möglich, in dieser Stadt ließen sie einen für so etwas einfach verschwinden.

Der Grenzer rief nach der Streife, sprach in sein Gerät, sagte Codenamen ins Mikrofon, doch niemand antwortete. Minutelang, immer wieder.

Alex erinnert sich, dass er sich erinnerte, einmal in diesem Land in einem Gefängnis gewesen zu sein, zu Besuch. Es war eng, sehr eng gewesen, und doch unüberschaubar. Der Gewerkschafter, der dort einsaß und den sie besuchten, hatte erzählt, dass das Schlimmste der Gestank sei und dass die Männer alles penetrierten, »alles, sogar die Hühner«. Es hatte überhaupt nicht witzig geklungen.

Und Alex erinnert sich, dass er sich an den Geruch erinnerte, den er seitdem mit Hühnern assoziierte, und dass er später in einem Buch lesen sollte, dass sich Georges Perec in *Je me souviens* an Joe Brainards *I Remember* erinnert hatte. Die Erinnerung einer Erinnerung an die Erinnerung. An die er jetzt erst denkt, viele Jahre weiter vorn auf der Zeitachse.

Seine Finger zitterten, doch auf der Funkfrequenz war nur Rauschen zu hören.

Graues Rauschen.

Es war Weihnachten, die Beamten verbrachten die Feiertage bei ihren Familien.

Der Grenzer sagte, dass Alex sich am nächsten Tag selbst im Polizeipräsidium melden müsse, dass dort sein Status geklärt werde und schrieb sich dann Alex' Name und Passnummer auf.

Unterwürfig, ungläubig, sich an die nun wieder offen stehenden Möglichkeiten der Zukunft erinnernd, antwortete Alex: »Selbstverständlich, ich mache es genau so, wie Sie sagen.«

Der Grenzer ließ ihn gehen, es war Weihnachten, ein Festtag, und der Beamte ob der frohen Botschaft, *la buena nueva*, nachsichtig gestimmt, weniger streng.

Das Gebäude lag direkt neben dem Fluss und Alex wusste, was er zu tun hatte. Keine Sekunde länger würde er in diesem Land bleiben, das letztlich wie alle anderen, aber darin extremer als die meisten andern ist.

Er schritt zügig, aber nicht zu schnell, um kein Misstrauen zu erregen, auf die Brücke zu. Es war mittlerweile fast dunkel und außer ihm kein Fußgänger unterwegs, nur auf den dafür vorgesehenen Spuren stauten sich Autos.

Alex erinnert sich, dass er nur einen einzigen kurzen Blick über die Schulter warf, den Rucksack an einem Gurt festhielt und auf die Fahne des Nachbarlandes blickte, die in diesem Moment wie eine Verheißung erschien. Und dass er sich schon zurecht gelegt hatte, was er sagen würde, falls der Grenzer ihn gesehen haben und hinter ihm hergerannt kommen sollte. Dass Alex sich nicht absetzen, sondern nur den Bus auf der anderen Flussseite nehmen wollte.

Ungefähr in der Mitte der Brücke, ziemlich genau an der Stelle, wo die Grenze verläuft, sozusagen im Niemandsland, ist es dann geschehen.

Zwei Männer fielen von hinten über ihn her, fuhren ihn an, er solle stehen bleiben, sofort stehen bleiben.

Und Alex erinnert sich nicht genau, was er dann sah.

Er erinnert sich vage, dass er zuerst glaubte, sie hätten ein riesiges Elektroschockgerät in der Hand, und dass er ansetzte, ihnen seine Geschichte aufzutischen: dass er keineswegs fliehen, nur den Bus habe nehmen wollen, dass sie ihn nicht verhaften müssten, er selbstverständlich von sich aus am nächsten Morgen zur Polizei gehen werde, ihm die Sache mit dem Pass völlig unerklärlich sei.

Doch stattdessen fragte er, fast in Tränen ausbrechend: »Was wollen Sie? Was wollen Sie nur vor mir?«

»Was schon?«, antwortete der eine, Alex glaubt, er trug einen Schnurrbart, »dein Geld.«

Der Satz war wie ein Geschenk, *Weihnachten*, und dann doch wie eine Wiederauferstehung, *Ostern*. Die Imagination, die wie eine sich auf der Zeitachse nach vorn bewegende Erinnerung ist, hatte die Zukunft erst erlöschen, dann neu entstehen sehen. Die beiden Männer neben ihm, fast in der Mitte des Grenzflusses, im Niemandsland, waren Straßenräuber, keine Geheimpolizisten. Und vor Freude fiel Alex ihnen fast um den Hals.

Der eine nahm Alex' Rucksack, der andere befahl ihm, die Hosentaschen zu leeren. Alex gab ihnen fröhlich sein Geld, und als sie sich abwandten, fügte er hinzu, jetzt überhaupt nicht mehr weinerlich, dass in seiner Hemdtasche noch ein paar Scheine mehr seien, und holte sie heraus.

Es war nicht viel Geld, höchstens 30 Dollar.

Die Männer nickten und drehten sich ein zweites Mal um.

»Entschuldigung«, sagte er, weil es wirklich so war, »den Rucksack bitte nicht, da sind nur Kleider drin.«

Und die Räuber, wegen Weihnachten offensichtlich nachsichtig gestimmt, ließen den Rucksack fallen und verschwanden in der Nacht.

Alex rief ihnen »danke« hinterher und »auf Wiedersehen«.

Ein Autofahrer, der vielleicht zehn Meter entfernt auf der Fahrspur der Brücke stand und den Überfall beobachtet hatte, holte Alex dann in sein Auto und erklärte, dass es in der Dunkelheit auf der Fußgängerbrücke lebensgefährlich sei.

»Es ist eine Schande.«

In dem Auto, einem alten, tief brummenden US-Schlitten verließ Alex das Land, in das er viele Jahre lang nicht zurückkehren sollte. In der Migrationsbehörde, der gleichen Schalterhalle, in der er zwei Stunden zuvor gestanden hatte, erklärte er nun, mit mehr Nachdruck, dass er unbedingt einen Einreisestempel benötigte, weil er ausgeraubt worden war. Der Beamte, dessen Bauch über den Gürtel quoll, hing mittlerweile schnarchend auf seinem Drehstuhl, und so hatte Alex diesmal mit einem älteren Kollegen zu tun, dem er erzählte, dass die Familie seiner Verlobten, »die ganze Familie«, mit dem Essen auf ihn warte, »ein Weihnachtsessen«, er wegen dieses idiotischen Ausreisestempels schon viele Stunden und fast sein Leben verloren habe und auf keinen Fall zurückgehen werde, weil die Leute auf der anderen Seite der Grenze alle Verbrecher seien, korrupt, Räuber, *mochacabezas*.

Dem Beamten gefiel Alex' Liebesgeschichte, die Verlobung mit einer Frau aus der Heimat, vielleicht auch Alex' Familiensinn, oder hatte Mitleid mit ihm, weil er überfallen worden war und durcheinander wirkte. Auf jeden Fall gab er Alex das Visum ohne jede Gegenleistung, und der Deutsche konnte weiterreisen, ins Nachbarland, wo man zumindest keine Gefahr lief, den Kopf abgeschnitten zu bekommen.

Die nächstgelegene Großstadt, wo er in Sicherheit war, lag eine Dreiviertelstunde entfernt. Es war schon dunkel, als der Bus ankam, die Lichter der sich an einen Hang schmiegenden Stadt glitzerten wie ein geschmückter Baum. Auf dem Hauptplatz trank Alex drei Bier, eiskalt, der Marke Polar, die das Symbol eines Eisbären trägt. Und genoss diese Feier: Das Leben war wie neu geschenkt.

Danach, erinnert sich Alex, sollte die Euphorie fast ein Jahr lang anhalten, dieses eigenartige Gefühl, das nur manchmal, unerwartet, in Panik umkippte. Ein Jahr lang dieses Glück, eine Zukunft zu haben.

Weihnachten bedeutet Alex nichts. Auch diese beiden Tage, die lange zurückliegen, waren an sich nichts Besonderes, bestanden aus der Aneinanderreihung von subjektiv gedehnten oder verkürzten Augenblicken. Und doch hatte alles, was danach kommen sollte, mit diesen Tagen zu tun.

Mareike Barmeyer ✸ Honigmond

Ein kurzer Weg vom Bahnhof zum Motel, hieß es in der Broschüre. Der Zug fährt in Niagara ein, und es beginnt zu schneien. Wir sind die Einzigen, die aus dem Zug steigen, niemand wartet auf dem Bahnsteig. Unsere Schritte hallen durch das leere Bahnhofsgebäude. Es ist zehn Uhr abends, und bei Starbucks sind die Rollläden schon unten. Ich friere. Mit Rucksäcken beladen laufen wir los. Es ist der 24. Dezember.

Der kurze Weg erweist sich als ausgedehnter Fußmarsch durch knietiefen Schnee entlang einer Schnellstraße. Bald werden die Häuser am Wegesrand weniger und damit verschwindet auch die künstliche Beleuchtung. Trotzdem sieht man keine Sterne. Der Himmel ist dunkelgrau, und der Schnee fällt mit einer verbissenen Beständigkeit. In Kanada gelten Wegbeschreibungen für Autos, und es schneit noch mehr. Romantisch wäre es gewesen, zu den Niagarafällen mit dem Auto zu fahren; *on the road* durch Nordamerika. Als wir erschöpft im Honeymoon Motel ankommen, ist es nach elf.

Die Dame an der Rezeption beäugt uns misstrauisch, als wir mit nassen Schuhen und Rucksäcken um ein Zimmer bitten. Eine Lichterkette blinkt hinter ihr an der getäfelten Wand. Ich zeige ihr die Broschüre, die eine Honeymoon-Suite über Weihnachten zum Sonderpreis von vierzig Dollar pro Nacht anbietet. »Die Zimmer mit Kamin und herzförmigem Whirlpool sind alle ausgebucht«, sagt sie. Ihre Stimme ist kratzig, und ich glaube ihr nicht. Für vierzig Dollar gibt sie uns ein Standardzimmer im Erdgeschoss. Sie schüttelt verständnislos den

Kopf, als ich ihr erkläre, dass wir keinen Parkplatz benötigen. Andy blickt auf die Bilder an der Wand: lachende Menschen, glitzerndes Wasser und Sonnenschein, die Niagarafälle im Sommer.

Das Zimmer ist klein und riecht muffig, der Teppichboden ist dunkel und fühlt sich feucht unter meinen Fußsohlen an. Ich habe eine Flasche Wein dabei. Ich entkorke sie und schenke uns ein, als Andy bemerkt, dass eine der Glühbirnen kaputt ist. Ich trotte zur Rezeption, um eine Ersatzbirne zu besorgen, und bekomme einen neuen Schlüssel. Im Zimmer schütte ich den Wein aus den Plastikbechern zurück in die Flasche und verschließe sie. Wir setzen unsere Rucksäcke auf und schlüpfen in die durchnässten Schuhe.

Das neue Zimmer ist im zweiten Stock und fühlt sich freundlicher an. Das Licht lässt sich dämpfen, das Bett ist größer. Wir hängen die nassen Sachen auf, stoßen mit dem Wein an, und es ist fast romantisch. Nach einer Weile wird Andy rastlos. Er läuft durchs Zimmer, öffnet Schubladen und zappt sich durch fünfzig Fernsehsender.

»Wir könnten die Gegend erkunden«, schlägt er vor.

»Es ist dunkel und es schneit. Außerdem sind unsere Schuhe nass«, sage ich – und gebe dennoch nach. Bevor die Stimmung richtig romantisch werden kann, verlassen wir das Zimmer, um uns durch den mittlerweile hüfthohen Schnee zu kämpfen.

Es gibt nichts zu erkunden. Das Motel ist zu abgelegen, und selbst wenn es etwas zu sehen gäbe, könnten wir es nicht sehen, da um uns herum ein Schneesturm tobt. Die Sicht ist auf ungefähr einen Meter beschränkt. Ich will nach Andys Hand greifen, ich greife daneben. Ich habe Heimweh.

Als Kind hatte ich ständig Heimweh. Ich konnte nicht mal bei Freunden übernachten, weil ich sofort von Heimweh geplagt wurde. Ich habe dann immer meine Eltern angerufen, und sie kamen mich abholen. Aber jetzt? Warum hier, mit Andy an meiner Seite? Ich habe keine Antwort und sehr kalte Füße.

Am nächsten Morgen hat es aufgehört zu schneien. Draußen ist alles strahlend weiß. Mich blendet das grelle Licht, das vom Schnee reflektiert wird. Ich kaue an einem Bagel herum und starre auf Andy, der einen Berg Pfannkuchen mit Ahornsirup in sich hineinstopft. Das Heimweh war beim Aufwachen da und wird stärker. Wenn ich nur meine Eltern anrufen könnte ...

An der Rezeption erklärt uns die Dame mit der kratzigen Stimme, dass die Straße vor dem Motel zu den Niagarafällen führt. Die Lichterkette hinter ihr blinkt nicht mehr. »Es ist auch gar nicht weit,« sagt sie und hustet. Nach gestern stelle ich mich auf eine Wanderung ein. »Merry Christmas«, ruft sie uns nach.

Im Land der Autos gibt es keine Bürgersteige. Wir stapfen neben der Straße durch den tiefen Schnee. Andy läuft voraus. Der Schnee reicht ihm bis zu den Knien. Er muss seine Beine weit hochziehen, um vorwärts zu kommen. Ich trete in seine Spuren und starre auf seinen schweigenden Rücken.

Nach zwei Stunden kann man die Fälle hören. Sehen können wir nichts. Der Schneesturm hat wieder eingesetzt. Alles ist weiß. Die Luft, der Schnee, und dort, wo das Rauschen am lautesten ist, steigt Dampf auf. Dem Geräusch nach sind wir fast da. Ganz schemenhaft erkennt man den Fluss durch das Schneegestöber. Der Fluss fließt aber nicht, er ist zugefroren. Wir laufen weiter. Auf einmal sind viele Menschen um uns herum im weißen Nichts. Sie drängen an ein Geländer. Wir drängen mit. Und jetzt, nur Meter entfernt, blicken wir auf die Niagarafälle. Man sieht nur die Kante, über die sich die Fälle ergießen. Der Rest wird vom Weiß verschluckt.

In einem Café suchen wir Zuflucht vor dem Schneesturm. Die Tische sind fast alle besetzt. Ein Paar Kinder laufen lachend um einen Weihnachtsbaum herum. Ein Mistelzweig hängt über unserem Tisch. Wir trinken Kaffee, und ich ignoriere meine nassen Füße, das Heimweh und das Schweigen zwischen uns. Es hört auf zu schneien, die Sonne kommt raus, und wir wollen den Niagarafällen noch eine Chance geben. Wir kommen an Bäumen vorbei, die mit einer dicken Schicht Eis überzogen sind, so wie alles, was von der Gischt der Fälle erreicht wird. Die Aussichtsplattform ist jetzt leer, trotz des brüllenden Rauschens ist es irgendwie vollkommen still. Wir schauen auf die Fälle. Nur die Kante ist lebendig mit reißendem Wasser. Der Rest der Fälle ist im Eis erstarrt.

Stefan Rehberger ❊ Wunschkonzert

Ich konnte heizen, wie ich wollte, warm wurde es trotzdem nicht. Von unten zog es kalt durch die Dielen. Links die Alleinerziehende war gestern von einem älteren Herrn abgeholt worden, und auch die Studentin oben war über die Festtage verreist. Ich hatte sie noch an den Briefkästen getroffen, den Rucksack auf dem Rücken, ein verschnürtes Päckchen unter dem Arm. Warum ich nicht nach Hause führe? Warum warum, ich hatte mit den Schultern gezuckt. Ist auch mal ganz nett in Berlin, die Ruhe, der Schnee, den sie vorhergesagt hatten, einfach mal die Stadt ohne die vielen Zugereisten. Weihnachten ist doch nie Schnee, hatte sie geantwortet. Frohe Weihnachten und einen guten Rutsch. Ich war fröstelnd zurück in meine Wohnung getappt.

Es hatte schon früh angefangen mit dem Frost. Der Sommer war kurz und unzuverlässig gewesen, aber immerhin hatte der September noch ein paar Wochen schönes Wetter gebracht. Dann, Mitte Oktober, lag morgens Tau auf dem Gras. Claudia hieß es, dieses erste Tief, und es wurde gefolgt von Anja, Christine, Katja, Simone, ein Defilée meiner Ex-Freundinnen aus Schultagen, die mich als Tiefdruckgebiete heimsuchten. Grau, kalt, feucht kamen sie, um Rache zu nehmen, geduckt lief ich nach Hause und heizte den Ofen an.

Ich hatte verreisen wollen, wegfahren, wohin auch immer, jedenfalls nicht nach Hause. Einmal nur, dieses Jahr, Weihnachten nicht bei den Eltern feiern. Ich hatte ein Drama erwartet, als ich es ihnen sagte, obwohl ich im gleichen Atemzug mein Kommen für Anfang Februar ankündigte, zum Geburtstag meines Vaters. Aber nichts dergleichen. Ach, der Vater werde sich sehr freuen, dass ich mal zu seinem Geburtstag käme, hatte meine Mutter gemeint, das sei bestimmt eine gute Idee, im Süden auszuspannen, die Zeit zwischen den Jahren nicht hier im Schneematsch zu versumpfen, mit wem ich denn fahren würde? Ich hatte einen Freund genannt, den meine Eltern einmal bei einem Berlin-Besuch kennen gelernt hatten. Noch ein Ach klar, mach das. Ich hatte aufgelegt, unzufrieden.

Ich hatte Ferienziele studiert und Flugpreise, die immer höher wurden, je weniger Tage das auslaufende Jahr übrigließ. Niemand würde mitfahren. Der Freund, den ich meiner Mutter genannt hatte, war vor kurzem Vater geworden, die meisten anderen fuhren nach Hause. Natürlich konnte ich auch alleine wegfahren, doch als der Advent kam, hatte ich mich für nichts entschieden, und dann wurde es zu teuer. So fand mich an Heiligabend völlig allein in Berlin wieder. Mit meinem alten Mitbewohner und besten Freund hatte ich mittags noch telefoniert. Sie hatten gerade Kartoffelsalat gegessen, er, seine Eltern und die Freundin, die mit dem Kind mitgekommen war. Gleich wollten sie raus in den Wald, noch etwas Moos suchen für die Krippe. Später dann in die Kinderchristmette und dann Bescherung. Weiß noch nicht, hatte ich gesagt, als er mich gefragt hatte, was ich machen würde. Ist ja noch Zeit.

Ich war spät aufgestanden und dann einkaufen gewesen. In der Schlange standen nur Leute, die ich noch nie gesehen hatte. Oder eher Leute, die sonst wohl in der Masse untergingen, mir aber heute, in diesem hochweihnachtlichen Rumpfberlin, um so deutlicher auffielen, und ich überlegte, was genau Max Goldt mal über die Berliner gesagt hatte. Die Kassiererin war im Stress und trat etwas zu hektisch auf das Pedal des Warenbands, meine Flasche Champagner kippte um, und alle sahen mich an. Frohe Feiertage, nuschelte die Kassiererin mechanisch und piepste schon den nächsten Kunden ab. Ich klaubte meine Sachen zusammen und schob mich nach draußen.

Es war immer noch hell, wenngleich es schwer war zu entscheiden, woher der Himmel sein Hellgrau hatte, noch vom Tag oder schon von den Lichtern der Stadt. Im Treppenhaus war es so kalt, dass ich meinen Atem sehen konnte, meine Wohnung war dafür staubig vom vielen Heizen. Als ich die Einkäufe einräumen wollte, kam mir die Idee, den Kühlschrank zu putzen. Warum nicht, es wird ein Tag wie jeder andere, so war's geplant. Ich legte Musik auf und machte mich an die Arbeit. Aber so richtig wollte mir die CD nicht gefallen. Eine andere auch nicht. Schließlich schaltete ich das Radio ein.

Gegen vier krochen die letzten Autos vorsichtig in ihre Löcher, und das Schmatzen auf dem nassen Asphalt verstummte. Es war wärmer geworden, Glatteis war angesagt. Ich ließ das Radio in der Küche laufen und legte mich im Wohnzimmer auf die Couch. Für einen Moment sah ich auf die dunkle Mattscheibe des Fernsehers. Dann sprang ich auf und legte Kohlen nach. Aus dem Ofen blähte sich mir der Qualm entgegen wie ein Furz. Tiefdruck, Agnes dieses Mal. Ich stocherte in den Kohlen, und tatsächlich keimte eine Flamme auf. Ich schloss die große Klappe und zu meiner Genugtuung setzte das

Knistern ein. Eine Weile schaute ich zu, wie Funken durch den Rost in das Aschefach tropften und dort verloschen, doch damit konnte ich schwerlich den Abend zubringen. Ich ging ins Bad, wusch mir die Hände und feilte mir die Fingernägel. Mein Gesicht im Spiegel wirkte unglücklich. Ich schnitt mir selbst eine Grimasse, rollte mit den Augen, grinste, kniff mir in die Backen und streckte die Zunge heraus, doch es führte nur dazu, dass ich traurig wurde, mit so einem Gesicht alleine in Berlin zu sitzen. An Heiligabend. Ich knipste das Licht aus und ging in die Küche, Kaffee kochen. Im Hinterhaus blinkte es in den Fenstern. Das Licht im Treppenhaus ging an und ich sah einen Mann hinaufsteigen, Tüten in beiden Händen, aus denen Päckchen ragten. Im dritten Stock blieb er stehen und schellte. Eine Frau öffnete und ein Kind sprang dem Mann zwischen die Beine. Er tätschelte dem Kind den Kopf. Dann ging das Licht aus und der Kaffee war fertig.

Ich dachte, ich hätte mindestens anderthalb Stunden auf dem Sofa verdöst, aber als ich auf die Uhr sah, waren gerade mal fünfundzwanzig Minuten vergangen. In der Wohnung unter mir gingen Schritte. Gerade hatte ich noch geträumt, das Haus meiner Eltern sei eine Bauhaus-Villa, ich sollte darauf aufpassen, und plötzlich lungerten überall Leute herum und bedienten sich selbst am Kühlschrank, Gatecrasher, die ich grob herauskomplimentieren musste. Und dann hatte mir noch eine Katze in die Hand gebissen. Ich setzte mich schnaufend auf und rieb mir übers Gesicht. Kurz dachte ich daran weiterzuträumen, um dieser Scheißkatze in den Arsch zu treten, als ich hörte, dass unten Musik eingesetzt hatte; wie die Wärme einer Fußbodenheizung drangen die Bässe durch die Dielen. Bis vor kurzem hatte in der Wohnung ein Pärchen gewohnt, Kunststudenten, ein Finne und eine Italienerin, die ständig Besuch hatten. Seit sie ausgezogen waren, hatte ich nichts mehr gehört. Seltsam. Musste ganz kurz vor Weihnachten noch jemand eingezogen sein. Ich horchte angestrengt auf die Musik, bemüht, anhand des Basslaufes auf die Melodie zu schließen oder einen Rhythmus zu erkennen. Da war noch so ein Zirpen oder Rasseln, das mir erst jetzt auffiel, und dann, als würde zum Ende des Stückes der Titel eingeblendet, erkannte ich es: »Jingle Bells«. Ein neues Stück begann. Ich setzte mich etwas bequemer zurecht. Wechselbass, wieder eher eine Uptempo-Nummer. Mit der Zeit konnte ich so etwas wie eine hohe Melodielinie heraushören – ein Chor. Nicht mehr lange und ich hatte es: »Mary's Boychild«. Es folgte ein unregelmäßiges Brummen, wahrscheinlich die Stimme des Moderators. Ich stand auf und schaltete das Radio an. Einen Moment horchte ich, doch jetzt war der Klang von unten zu undeutlich. Ich kam auf die Idee, den Kopfhörer anzuschließen. Eine Muschel ans Ohr gepresst, das andere Ohr fast am Boden, verglich ich Sender für Sender das Programm mit dem meines Nachbarn. Ich fand den richtigen, schaltete auf Lautsprecher um, zündete ein Teelicht an und legte die Beine hoch. Das große Weihnachtswunschkonzert mit Hörergrüßen zur Bescherung. Eine Weile lauschte ich gedankenlos. Obwohl jedes Stück ein Abschalter war, hätte ich stets von Anfang bis Ende mitsingen können. Ich nahm einen großen Schluck kalten Kaffee. Von unten war außer der Musik nichts mehr zu hören. Ich könnte ja auch bei dem Sender anrufen, dachte ich, mir ein Stück wünschen und meinem Nachbarn ein frohes Fest. Ich stellte mir vor, dass er oder sie genau wie ich auf einem Sessel oder einer Couch saß und vor sich hin schaute. Vielleicht sogar am gleichen Fleck wie ich, immerhin hatte auch er offenbar das größere Zimmer als Wohnzimmer gewählt, und so, wie der Raum geschnitten war, lag es nahe, neben den Ofen einen Sessel zu stellen.

Das Telefon klingelte. Ich ließ ein paar Takte verstreichen, bevor ich ranging. Meine Mutter. Du hörst ja ganz weihnachtliche Musik, war das erste, was sie sagte. Wir wünschten einander frohe Weihnachten. Meine Eltern bekamen später noch Besuch von meiner Tante, dem Onkel und ihren erwachsenen Kindern. Ich würde nachher noch zu Freunden gehen, schwindelte ich. Dann war mein Vater dran, brummig, du hättest ja kommen können. Jaja, sagte ich. Also, sagte er. Wir verabschiedeten uns und legten auf.

Unten passierte etwas: Schritte, vom Wohnzimmer in den Flur, ich folgte ihnen in die Küche. Es rauschte in der Wasserleitung, ein Gasdurchlauferhitzer fauchte, Töpfe klapperten. Ich ärgerte mich, dass ich nichts zu kochen eingekauft hatte. Teils aus Faulheit, teils aus Fantasielosigkeit hatte ich mich für Lachs auf Toast mit Meerrettichsahne entschieden, unser klassisches Heiligabendessen daheim. Als ich mir den kalten, fettigen Fisch vorstellte, schüttelte es mich, und dann fiel mir auch noch ein, dass ich nichts hatte, um die Sahne zu schlagen. Ich schob die Essensfrage auf, holte das Teelicht in die Küche und öffnete eine Flasche Wein. Mein Nachbar schien zu wissen, was er tat. Wieder Schritte, Stuhlbeine quietschten über Dielen, dann war eine Zeitlang nur das Radio zu hören. Ich schaltete das Licht aus, trank den Wein und sah dem kleinen Flämmchen zu. Bei »Last Christmas« summte ich leise mit. Eigentlich gar kein Weihnachtslied, dachte ich, als ich auf den Text hörte, und dass Wham hier mit ein paar Glöckchen einen schnöden Song über enttäuschte Liebe zu einem Evergreen hochgeblasen hatten. Ich stand energisch auf und schaltete das Licht wieder an. Hunger, dachte ich, und dann: Pasta mit Lachs-Sahne-Sauce. Wäre ja gelacht, wenn ich mir nicht auch was Leckeres kochen würde. Nudeln hatte ich, und mit dem Weißwein ließ sich die Sauce noch ein wenig aufpeppen. Ich machte mich an die Arbeit. Auch unten klapperte es wieder, offenbar war man mit dem Schnippeln fertig. Eigentlich musste er mich ja auch hören können. Ich setzte Nudelwasser auf, briet Knoblauch an, Lachs dazu, Wein, Sahne – das Rezept hatte ich von einer Ex-Freundin, nichts Dolles, aber immer lecker. Ich schenkte mir Wein ein, das Kochen machte Spaß, das einzige, was mich langsam zu nerven begann, war die Musik. Tatsächlich lief gerade zum zweiten Mal »Rudolph the Red-Nosed Reindeer«, offenbar kein Grund für ihn, den Sender zu wechseln. Wahrscheinlich war es ihm gar nicht aufgefallen. Ich goss die Nudeln ab und gab sie in die Sauce. Es roch wirklich gut. Ich nahm einen der großen Pastateller aus dem Schrank und tat mir auf. Frohe Weihnachten, prostete ich meinem Spiegelbild im Küchenfenster zu. Einen Moment schaute ich mir prüfend in die Augen. Nein, ganz so trist sah ich nicht mehr aus. Unten wurde weiter geklappert. Ich fragte mich, was man so lange kochen konnte, immerhin hatte er einen ordentlichen Vorsprung gehabt. Und welches Rezept derartiges Geklapper erforderte. Pfannkuchen vielleicht? Ich stellte mir vor, wie neben dem Herd ein beachtlicher Stapel heranwuchs, während mein Nachbar die Pfanne schwang. Aber wer machte für sich allein Pfannkuchen? Möglich war auch, dass ihm das Essen im ersten Anlauf falliert war und er jetzt noch einmal von vorn mit dem Kochen begonnen hatte. Ziemlich ärgerlich so was, dazu noch an Heiligabend. Ich öffnete das Fenster und schnupperte hinaus in den Hinterhof. Das Plärren des Radios war ungefiltert zu hören, was dafür sprach, dass er sein Küchenfenster ebenfalls offen hatte. Angebranntes zu riechen war zwar nicht, nur die Luft der Winternacht, ein Gemisch aus Kohlendunst und Erdfeuchte. Aber warum sollte jemand bei dieser Kälte sein Fenster öffnen, wenn nicht, um zu lüften? Das ging ganz schnell, dass einem was anbrannte, man musste nur einen Moment nicht aufpassen, schon war die Schnippelarbeit einer halben Stunde im Eimer. Und dann saß man da an Heiligabend! Plötzlich stieg ein Gedanke in mir auf, so gut und zutiefst human, dass mir für einen Augenblick ein Kloß im Hals saß: Ich hatte noch eine ordentliche Portion übrig, die für uns beide reichen würde, eine zweite Flasche Weißwein war auch noch im Kühlschrank. Weihnachten, dachte ich, griff kurzentschlossen beides und stieg die Treppe hinab.

Hinter der Wohnungstür dudelte das Radio. Ich wollte klingeln, hielt aus einem Impuls heraus in der Bewegung inne, doch dann war es schon geschehen, bevor mir der Grund für mein Zögern bewusst wurde: Es roch würzig nach gebratenem Fleisch. Zu spät, ich klingelte erneut. Ein paar Sekunden vergingen, dann wurde die Musik abgestellt und Schritte näherten sich der Wohnungstür. Ich räusperte mich und trat von einem Bein auf das andere. Hallo? rief ich freundlich und klopfte. Ich bin ihr Nachbar.

Hinter der Tür blieb es still, doch ein leises Kratzen verriet mir, dass der metallene Deckel über dem Türspion beiseite geschoben wurde. Ich tat, als wäre ich mir dessen nicht bewusst und blickte wie in freudiger Erwartung gegen das Grau der Treppenhauswände. Gleich würde er öffnen, oder sie, und mich überrascht begrüßen. Ja, das war ich, der schon seit Stunden den gleichen Sender gehört hatte wie er. Und was für eine kuriose und nette Art, Bekanntschaft zu schließen! Das Licht ging aus. Ich drückte es erneut an und horchte. Jetzt schienen sich ganz leise Schritte von der Tür zu entfernen. Einen Augenblick lang war alles still. Dann setzte laut Musik ein. Ich war wie vor den Kopf geschlagen. Frohe Weihnachten! rief ich laut. Hören Sie? Die Musik wurde noch lauter gedreht. Was für ein Arschloch! Ich drehte mich um und stapfte die Treppe hoch, wobei ich zwei Stufen auf einmal nahm. Auf halbem Wege ging das Licht aus, ich stolperte und hätte um ein Haar den Topf mit den Nudeln fallen lassen. Stattdessen fiel ich mit den Rippen schmerzhaft gegen das Treppengeländer. Ich fluchte und schlug oben laut meine Wohnungstür zu. Den Topf knallte ich auf den Herd und machte die zweite Flasche auf. Ich hatte mir wirklich wehgetan, wenn ich tief einatmete, stach es in der Seite. Blödes Arschloch! Ich ließ mich schnaufend auf einen Küchenstuhl fallen und hielt mir die schmerzende Stelle; ich schaltete das Radio aus und starrte eine Weile finster vor mich hin. Die Musik von unten war deutlich zu hören, natürlich nach wie vor dieser Spießersender. Vielleicht hatte ich mir sogar eine Rippe gebrochen, so was ging ganz schnell. Ich atmete ein paar Mal gegen das Stechen an. Da war es, jedes Mal, genau neben dem Herzen. Ich schenkte mir Wein nach, gegen den Schmerz. Er ging nicht weg. Dieser Nachbar war nicht mal rausgekommen, als ich gestürzt war. Das musste er doch gehört haben in seiner Wohnung! Weihnachten, das Fest der Liebe, dachte ich entrüstet, aber was um einen herum, draußen in der Welt vor sich ging, das war den Leuten egal. Bitter trank ich mein Glas aus. Und wenn wirklich was gebrochen war, musste ich dann nicht ins Krankenhaus? Aber ich fühlte mich so schwach. Mir war schlecht, und in der Küche war es kalt. Wenn ich einschlief, war ich am nächsten Morgen vielleicht erfroren. Diese Musik. Ich schenkte mir nach und raffte mich auf – das Glas in der Linken, die rechte Hand auf meine Verletzung gepresst, schleppte mich nach nebenan ins Wohnzimmer. Auf die Couch, verschnaufen. Dieses Stechen. Als bohrte sich die gebrochene Rippe in mein Herz. Ich schaltete den Fernseher an und zappte matt durchs Programm. Eine Gala. Der Weihnachtsmann. Heiligabend im Allgäu. Wenn mich meine Mutter jetzt sehen könnte. Dann Wilder Westen, Schüsse, ein Duell. Röntgen, das brauchte ich jetzt. Und eine Salbe, einen Verband. Da war Clint Eastwood. Geben Sie mir einen doppelten Whiskey. Prost. Gar nicht schlecht, der Wein. Und den wollte ich mit diesem Arsch da unten teilen. So eine gebrochene Rippe war keine Lappalie. Es ist nur ein Kratzer, Doc. Ich gähnte, und es stach. Verdammt. Ich schaue mir die Sache trotzdem mal an. Wie ich das angestellt habe? Nicht der Rede wert, wissen Sie. Man ist einfach zu gut für diese Welt. Wem sagen Sie das.

Nicht einschlafen jetzt, kommen Sie, Sie schaffen das! Doc, sagen Sie mir die Wahrheit. Reden Sie keinen Unsinn, Unkraut vergeht nicht. Haha, da haben Sie Recht. Und passen Sie das nächste Mal besser auf, wem Sie was Gutes tun wollen. Darauf können Sie einen lassen, Doc. Sie brauchen jetzt vor allem Ruhe, Sie haben viel Blut verloren. Schlafen Sie. Ich blinzelte. Danke Doc. Und frohe Weihnachten!

Rabea Edel ❋ Wandra Kaish

Der dreiundzwanzigste Dezember war ein klarer und kalter Tag. Die Stadt hatte endlich wieder einen Himmel und eine Sonne über sich. Beide waren blass, als hätten sie durch die Gesänge meiner Nachbarinnen ihre Farben verloren, damit stattdessen der Fluss wieder blau floss und die Körper der Menschen pulsierten. Immer, wenn das Jahr zu Ende ging, trugen sie bis zum Januar den Gedanken an einen erlösenden Tod durch die geschmückten Straßen, glänzend wie Christbaumkugeln und großzügig wie die gefrorenen Felder, Gebetsteppiche, die sich rings um die Stadt ausbreiteten. Man dachte an den Tod und wollte dabei trotzdem alles in der Hand behalten.

Wandra wog seit dem Morgen wieder einmal das Schlafmittel gegen den Sprung aus dem Fenster des zweistöckigen Hauses ab. Doch seine Wohnung besaß nur ein Fenster zum Hof, und das war zu schmal, als dass er seinen weichen, ausufernden Körper hätte hindurchquetschen können. Außerdem war er nicht schwindelfrei. Am liebsten wäre er an einem anderen Tag, in einer anderen Stadt, in einem großen zerschlafenen Bett neben einer schönen Frau aufgewacht. Doch die Christbaumkugel, in der er seit dem Morgen sein eigenes erhitztes Gesicht betrachtet hatte, zersprang, und es blieben nur die Verzweiflung und die roten Scherben in seinem Bauch, die er grinsend spazierentrug.

Irgendwo in der Stadt krähte ein Hahn.
Wandras Magen knurrte.

Er blieb an einer Mauer stehen und bewegte sich nicht mehr. Von weitem war er ein bemooster Stein. Der Wind leckte den Mörtel aus den Ritzen, die Wörter von den zusammengefalteten Zetteln, die ich als Kind zwischen die Steine vor unserem Haus geschoben hatte. Bitte mach, dass ich hundert Jahre alt werde, bitte mach, dass ich ein Pony bekomme mit einem langen Schweif. Gib mir einen feuerfesten Helm und meinen Eltern auch. Und stell bitte endlich den Regen ab und lass es schneien, nur ein einziges Mal.

Dort blieb er einen Tag und eine Nacht lang stehen, ließ die Leute vorbeiziehen, die in mein Haus traten, und grüßte niemanden.

Aus den Nächten dieser Trauerwoche wachte ich am Morgen mit Panik auf. Ich lief im Nachthemd, noch schlafwarm und manchmal nackt, ins Treppenhaus, zog wahllos Zeitungen aus den Briefkästen der Nachbarn, zerblätterte sie voller Angst, dass ausgerechnet jetzt ein Krieg über uns hereinbrechen könnte. Ein Ziehen im Nacken, Schweiß. Ich begann in der Wohnung zu rauchen, die Katze reckte mir ihren Bauch entgegen und gurrte. Leute kamen und füllten das Haus mit dem immer warmen Sand der Stadt, mit Körpern, die aneinander stießen. Mit Gemurmel und genuschelten Beileidsbekundungen, die sich im Sand auf dem Boden festtraten.

Ich hängte weiße Gardinen auf, verteilte die letzten Blüten des Jahres auf den zusammengeliehenen Tischen und Stühlen, gab den Gästen weiße Tücher, die sich die Frauen um die Haare und die Männer um die Hälse schlangen, und wer an der Mauer entlang am Haus vorbeilief, durch die offenen Fenster in die Wohnung sah, erblickte eine traurige Hochzeitsgesellschaft beim Umtrunk. Nur der Bräutigam fehlte.

In der Nacht erwartete ich Raketen, wenigstens Wetterleuchten, brennende Dornbüsche. Irgendjemand hängte einen chinesischen Lampion in die Palme vor meinem Fenster. Darunter stand Wandra und fügte sich in die Steine der Mauer, ein schwachsinniges Lächeln im Gesicht.

Die Hügel um meine schöne traurige Stadt wurden zu blauen Bergen.

Keine einzige Wolke stand am Himmel.

Die Soldaten patrouillierten, ich hörte das Quietschen ihrer Stiefel, mit denen sie den Sand zermahlten, ihr Zähneknirschen, und die Katze rollte sich unter das Bett.

Sieben Tagen lang und sieben Nächte putze ich gemeinsam mit den Nachbarn, denen ich die Zeitungen klaute und die ich kaum kannte, die vorbeikamen, um mir Brot zu bringen, Scheuermilch und trockene Zweige. Wir wischten die Böden, die Kacheln und Fensterscheiben, wuschen Bettlaken, Hemden, Jeanshosen und hängten die nassen Kleider in den Wind, wir zündeten Lichter an, damit sich keine Seelen in den leeren Blumentöpfen (Rosmarin, Minze, Koriander) und Fensterkreuzen verirrten, die Klagestimmen der Frauen wie klares Wasser. Pfützen auf dem sauberen Boden, in denen ich ausrutschte.

Am achten Morgen schrieben sie in der Zeitung von einer Sternenexplosion, 240 Millionen Lichtjahre entfernt und größer als alle anderen zuvor. In meinem Postfach blinkten hundertfünfzig Nachrichten, die ich ungelesen löschte.

Als ich fuhr, war es der vierundzwanzigste Dezember. Auf den zwei frischen schwarzen Erdhaufen glänzte der erste Frost. Die Basecapstickmaschine neben dem Wartehaus am Busbahnhof bestickte Basecaps. Und beim Anblick der kaugummikauenden Mädchen in den engen Jeans und rosafarbenen Kapuzenjacken überfiel mich die Erinnerung an den ersten rohen Fisch, den ich gegessen hatte. An die zweiundfünfzig Stunden ohne Schlaf, die davor lagen, und an die traumlosen tiefen Nächte danach. Ich trug Blumen am Ohr, die das Blut stauten, weil man vergessen hatte, mir diese Löcher ins Ohr zu stechen, die sonst allen Mädchen umbarmherzig ins Ohrläppchen gebohrt wurden. Der Fisch war rot und in Reis eingerollt, das zweite Stück schluckte ich, ohne zu kauen, und spülte mit Sake nach.

Vor dem Sushiladen staute sich der Verkehr in einer Kurve, irgendwann stiegen die ersten aus ihren Autos, krempelten die Hosen hoch, zogen die Hemden aus und lachten, setzten sich auf die Motorhauben, später spielten sie Brettspiele und bespritzen sich mit Wasser aus Plastikflaschen, das auf dem Asphalt und auf der Haut sofort verdunstete.

Wandra lief mit einem Fensterwischer und einem Eimer voll brackigem Wasser durch die Autoreihen und zog den Passanten das Kleingeld aus der Tasche. Er kam gerade vom Friedhof, so wie immer gerade jemand vom Friedhof kam zu dieser Zeit. Seine Freundin hatte ihn vor die Tür gesetzt, die Nacht hatte er auf der Parkbank unter einem steinernen Engel verbracht, schlaflos und leise lächelnd.

Wir aßen rohen Fisch, tunkten ihn in die Sojasoße, Wandra verschlang den Wasabi und hustete mit rotem Gesicht, als sich draußen etwas verschob, unmerklich und sekundenschnell. Der Wind änderte seine Richtung oder das Thermometer fiel um ein paar Zehntel, einer hob als erster die Hand und holte aus. Eine Vakuumglocke über der Stadt.

»Das einzige, was ich ertrage, ist die Abwesenheit von. Das Gegenteil von. Zum Beispiel die Abwesenheit von Weihnachten im Dezember. Alles andere ist eine Zumutung, ein Angriff«, sagte Wandra, zählte das Geld auf den Tisch und ging.

Am Busbahnhof spuckten die Mädchen ihre Kaugummis in den Rinnstein, ich stieg in den ersten Bus, ohne auf das Fahrziel zu achten, fuhr durch die blauen Hügel, durch die Schatten in den Tälern, die die Form des Mannes in meinem Schlafzimmer hatten, bevor die Nachbarinnen ihn begruben, ihm Lieder sangen und ihre Blusen zerrissen, und stand nach einem halben Tag wieder vor dem Haus meiner Eltern. Nichts bewegte sich. Die Gardinen hingen gerade herunter. Kein Wind ging. Die Katze war nirgends zu sehen.

Wandra öffnete mir die Tür, kratzte sich am Hinterkopf und nickte.

»Jetzt, wo ich tot bin«, sagte er, »kann ich ein wenig mehr auf dich acht geben.«

Im Hausflur hinter ihm blinkte eine Lichterkette mit Plastikweihnachtsbäumen.

Autorinnen, Autoren,
Herausgeber und eine Illustratorin

Mareike Barmeyer wurde 1973 in München geboren und verbrachte ihre Zwanziger in Großbritannien. Seit 2003 lebt, schreibt (unter anderen in der *taz*) und liest (als Mitglied der Lesebühne »Die Lautmaler«) die promovierte Soziologin in Berlin.

Al Burian ist Autor, Musiker, Zeichner und weltreisender Beatnik. Seit 1995 bringt er das Fanzine *Burn Collector* heraus. Er lebt in Chicago. Auf Deutsch erschien 2006 die Erzählung *Liebesgrüße aus Slowenien*.

Rabea Edel, geboren 1982, lebt in Berlin. Sie hat Literaturwissenschaft und Italianistik in Berlin und Siena studiert und verschiedene Preise und Stipendien erhalten, unter anderem war sie Preisträgerin des open mike 2004 und Stipendiatin der Jürgen-Ponto-Stiftung 2005. Ihr Debütroman *Das Wasser, in dem wir schlafen* erschien 2006, wurde mit dem Kunstpreis Literatur Berlin-Brandenburg ausgezeichnet und wird derzeit ins Hebräische übersetzt.

Boris Fust, Jahrgang 1973, arbeitet für das Magazin *Intro*. Er veröffentlichte in Revolverblättern und Teeniepostillen. In seiner Freizeit bewirbt er männlich-aggressives Duschgel und empfiehlt den Lesern von Männermagazinen die Benutzung von pfeilschnellen Sportwagen. Sein Erstlingsroman erscheint im August 2008. Er lebt und arbeitet in Berlin.

Gregor Hens, geboren 1965 in Köln, lebt seit 1989 in den USA, wo er als Professor für Germanistik an der Ohio State University tätig ist. Neben wissenschaftlichen Veröffentlichungen sind bisher von ihm erschienen: *Himmelssturz* (2002); *Transfer Lounge – Deutsch-Amerikanische Geschichten* (2003); *Matta verlässt seine Kinder* (2004); *In diesem neuen Licht* (2006). Im Frühjahr 2007 erschien seine Übersetzung von Marlon Brandos Piratenroman *Madame Lai*.

Wolfgang Herrndorf, geboren 1965, lebt in Berlin. Zuletzt erschien von ihm *Diesseits des Van-Allen-Gürtels* (2007). Zur Zeit arbeitet er an einem Roman mit dem Titel *Düne des Grauens*.

Katja Huber, geboren 1971, studierte Slawische Philologie und Politische Wissenschaften in München. Seit 1996 arbeitet sie beim BR-Zündfunk. Sie veröffentlichte die Romane *Fernwärme* (2005) und *Reise nach Njetowa* (2007) sowie mehrere Hörspiele. 2006 wurde sie für den Ingeborg-Bachmann-Wettbewerb in Klagenfurt nominiert, im selben Jahr erhielt sie den Bayerischen Staatsförderpreis Literatur.

Darius James ist Autor (unter anderem: *Negrophobia, That's Blaxploitation* und *Voodoo Stew*), Performer and Dozent. Er hat mit einer Reihe deutscher Künstler in unterschiedlichen Medien gearbeitet, zuletzt mit der Drum&Bass-Rapperin Quio. Gegenwärtig stellt er mit Oliver Hardt einen Dokumentarfilm über den Einfluss von Voodoo auf amerikanische Popkultur fertig, Titel: *The U.S. of Hoodoo*. Er lebt in Berlin, New York, Chattanooga, New Orleans und Los Angeles.

Harriet Köhler, geboren 1977, studierte Journalistik und Kunstgeschichte und besuchte die Deutsche Journalistenschule in München. Sie schrieb und schreibt für *NEON*, *GQ*, *Die Zeit*, *Süddeutsche Zeitung* und den *Tagesspiegel*. 2007 erschien ihr Debütroman *Ostersonntag*.

Almut Klotz, 1962 geboren und aufgewachsen im Schwarzwald, übersiedelte bei 170 Zentimetern nach Berlin und geriet schnell in die Fänge des Fischbüros, wodurch eine akademische Karriere für alle Zeiten verbaut war. Stattdessen gründete sie die Lassie Singers und leitete den Popchor Berlin. Ende 2005 veröffentlichte sie zusammen mit Reverend Christian Dabeler den Roman *Aus dem Leben des Manuel Zorn*. Im Herbst 2007 ist von Klotz+Dabeler ein Album mit dem Titel *Menschen an sich* erschienen.

Karsten Kredel, geboren 1973, ist Lektor und Übersetzer. Er lebt in Frankfurt am Main.

Andreas Maier wurde 1967 in Bad Nauheim geboren. Er lebt in in der Wetterau, wo sein erster Roman *Wäldchestag* spielt. Zuletzt erschienen von ihm *Bullau. Versuch über die Natur* (mit Christine Büchner) und seine Frankfurter Poetikvorlesungen *Ich*.

Destiny McKeever lebt als freie Illustratorin in Denver, Colorado. Sie gestaltet Promo-Materialien für Bands und hofft, ihre Unternehmungen ausweiten zu können.

Rainer Merkel, geboren 1964 in Köln, hat Psychologie und Kunstgeschichte studiert und lebt in Berlin. Zuletzt erschien sein Roman *Das Gefühl am Morgen*.

Jörn Morisse ist freier Lektor, Literaturagent und Übersetzer. Er lebt in Berlin.

Lisa Rank heißt eigentlich Elisabeth, fühlt sich mit Anfang zwanzig aber noch nicht so alt, wie der Name manchmal klingt. Nebenberuflich Studentin der Publizistik, hauptberuflich und Vollzeit allerdings mit dem Schreiben verheiratet, unter anderem auch im eigenen Blog. Die Geburtstadt Berlin kann man ihr anhören, wenn man es richtig anstellt, von der wurde sie er- und aufgezogen. Der Blick ist stets nach vorne gerichtet, Scheuklappen werden jedoch verabscheut. Ausflüge und Reißaus gehen gerne in Richtung Musik, projektgebundenes Engagement und Lachsalven. Schabernack trieb sie bisher als Praktikantin bei diversen Unternehmen. Zeit für Größeres ist immer.

Stefan Rehberger, geboren 1972 in Frankfurt am Main, lebt in Berlin. Lange verdiente er sein Geld als Autor für diverse Seifenopern. 2006 war er Mitherausgeber von *Driving Home. Weihnachtsgeschichten*, im selben Jahr erschien sein erster Roman *Weihnachten nach Hause fahren*. Ein zweiter ist derzeit in Arbeit.

Jochen Schmidt, geboren 1970 in Berlin. Altbau, Plattenbau, Armee, Zivildienst, Romanistik-Studium. 1999 Gewinn des open mike der literaturWERKstatt Berlin. Seitdem nur noch Arbeit: 1999 Gründung der »Chaussee der Enthusiasten«, 2000 *Triumph-*

gemüse (Erzählungen), 2002 *Müller haut uns raus* (Roman), 2003 *Seine großen Erfolge* (Kurzprosa), 2004 *Gebrauchsanweisung für die Bretagne* (Liebeserklärung), 2007 *Meine wichtigsten Körperfunktionen*.

Dorle Trachternach, geboren 1979, studierte bis 2006 Kreatives Schreiben und Kulturjournalismus in Hildesheim. Sie arbeitet als Autorin, Dramaturgin und Theaterpädagogin. Texte von ihr wurden unter anderem in Anthologien und der Zeitschrift *Bella Triste* veröffentlicht. Stipendien: kunst:raum sylt quelle (2007), Klagenfurter Literaturkurs (2006), Werkstattstipendium der Jürgen-Ponto-Stiftung im Herrenhaus Edenkoben (2006).

Anton Waldt wurde 1972 in Wien geboren und lebt seit 1990 in Berlin, derzeit als Hausmann und Aushilfsgrafiker des Magazins für elektronische Lebensaspekte *De:Bug*.

Maike Wetzel, geboren 1974, lebt als freie Schriftstellerin und Drehbuchautorin in Berlin und im Rhein-Main-Gebiet. Sie veröffentlichte zwei Erzählungsbände, die unter anderem mit einem Aufenthaltsstipendium in der Villa Aurora in Los Angeles ausgezeichnet wurden. Derzeit arbeitet Maike Wetzel an ihrem ersten Roman und mehreren Spielfilm-Drehbüchern. Die englische Übersetzung ihres zweiten Buchs erscheint im Juni 2008 in Großbritannien.

Julia Zange, geboren 1983, aufgewachsen in Niederaula, Hessen. Studium der Deutschen Literaturwissenschaft in München; seit 2006 Gesellschafts- und Wirtschaftskommunikation an der Universität der Künste in Berlin. Gewinnerin des open mike 2006.

Raul Zelik, geboren 1968, veröffentlichte zuletzt den Roman *Der bewaffnete Freund*, davor *Berliner Verhältnisse*, und übersetzte – gemeinsam mit Petra Elser – den Roman *Der gefrorene Mann* von Joseba Sarrionandia aus dem Baskischen.

Andreas Maier, *Weihnachten war schon immer da* erschien erstmals in *Die Zeit* am 20. Dezember 2006.

Driving Home

Weihnachtsgeschichten

Herausgegeben von
Jörn Morisse und Stefan Rehberger
st 3810. 168 Seiten

Driving Home ... for Christmas. Einmal im Jahr fahren Heerscharen gestandener Großstädter zu ihren Eltern, um sich – Widerstand zwecklos – wieder in Söhne und Töchter zu verwandeln. Es erwarten sie: eherne Rituale, das alte Kinderzimmer, abendliche Treffen mit anderen Heimkehrern, die auch nicht jünger werden. Und eine Befangenheit, die erst verfliegt, wenn sie anderen davon erzählen und den Druck dadurch verpuffen lassen können – bis zum nächsten Jahr. Driving Home, das sind leichte, bittere, ironische und nostalgische Geschichten – ein unterhaltsames und geistvolles Lesebuch mit Originaltexten von Natalie Balkow, Paul Brodowsky, Kerstin Grether, Guy Helminger, Kathrin Passig, Jagoda Marinić, Thees Uhlmann, Kevin Vennemann, Linus Volkmann und vielen mehr.